鬼作伴

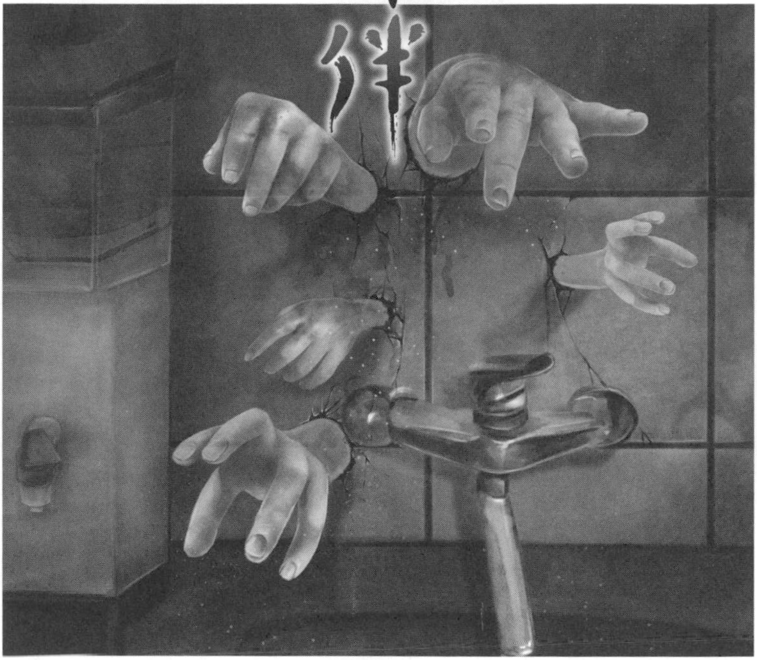

笭菁 著

CONTENTS

鬼作伴

楔子

瘦弱的身軀不停地發顫，青紫遍佈的身上到處開了口子，鮮血一點一滴的滲出，順著身體涓流而下，形成一幅既美麗又殘忍的圖畫。

孩子雙手被縛，高高地吊在半空中，清澈的淚水自恐懼的雙眼裡不停湧出，瞳仁裡佈滿血絲，顫抖的雙唇不時咬到自己的唇瓣，而她只是持續抽搐、不斷地告饒。

「求求你放了我……求求你！」她如此哀求著，伴隨著更多淚水。

男人站在她的身後，手裡握著幾小時前還繫在腰上的皮帶，他重新調整握姿，彷彿在找個更穩當的方式，以更加握緊皮帶；右手拿著菸，送進嘴裡吸了一口，便乾脆叼在嘴邊。

然後一揚手，一皮帶就狠狠的在孩子光裸的背部上再鞭出一條細細的血痕。

「哇呀……嗚嗚嗚……媽媽！媽媽！」孩子痛得哀嚎，哭喊著母親，滲出的小便積了一地。

男人的身後坐著一個女人，她散亂的頭髮隨意綁著、面無表情地看著斜前方的電視，身邊坐著一個大約三歲的男孩，兩眼發直地看著父親以及吊在半空中的手足。

他瞪大著眼看著那慣性般的動作，揚起再鞭下，手足背上的青、紫，然後是紅色的鮮血。

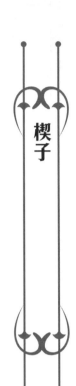

「再哭！再哭！」男人含糊說著，試著在同一個地方多鞭了好幾下，直到看見皮開肉綻，才露出滿意的笑容。

然後他拿下嘴邊的菸，再滿足地吸了幾口。

「好痛……好痛啊……求求你、求求你！」孩子哪聽得懂要脅，她只能感受身上椎心刺骨的痛！

男人啐了口口水，扔下菸在地上踩熄，然後回身走向女人，伸出了手！女人下意識地向後退卻，但卻沒有遲疑地拆下髮上的髮帶，戰戰兢兢遞給男人。

母親用她的髮帶蓋住了自己孩子的聲音，不管男人如何鞭笞，孩子都不會再哭嚎。

一直到隔天早上，三歲的男孩站在手足下方，呆看著她凸出的雙眼，微啟的雙唇，還有已經冰冷僵硬的身軀時，他才明瞭，他的手足再也不會哭嚎了。

至少在這個世界，再也不會。

第一章．青綠色的水

早上八點多，大樓開始湧進絡繹不絕的人潮，每個人手上幾乎都拎著早餐，急急忙忙地走向電梯。

「早安！Teresa！」小李嘻笑著擠過人群，來到辦公室之花的身邊，「妳難得這麼晚來耶！」

一頭性感大波浪捲髮的女人睨了他一眼，勾勒一抹笑，「唉，沒辦法！今天上班途中遇到了一些麻煩事！」

咦？小李聞言，直覺得頭皮發麻，瞧 Teresa 這種表情跟口氣，她接下來要說的一定是⋯⋯

「就前面那個路口，車禍很多啊，我早上過馬路時，被一個小孩子的地縛靈纏住了，他的模樣挺嚇人的，腦子都⋯⋯」

「停停停！拜託妳行行好，我早餐還沒吃耶！」小李連忙告饒，「陰陽眼大美女、辦公室之花、大樓之花⋯⋯」

Teresa 笑了起來，業務小李就愛打嘴炮，但無法否認的是，女孩子還挺愛聽這種天花亂墜似的讚美。

電梯總算下來了，門一開，是一個推著嬰兒車的女人，十七樓的王太太。

這棟新建大樓是住商合一，十樓以上均是住家，十樓以下是夾雜著公司與住家，一個樓層平均被分割成三大塊，供各家企業分租，比較有錢的會一口氣租下一整層，打通所有牆壁；有的則是租下兩間打通，像他們公司，就是只租得起一間的小公司，而且剛好在第十樓。

因著住商混合，所以平時大家都有打過照面，王太太多半都在此時帶小孩去買早餐；Teresa 連忙跟她頷首微笑，還不忘瞥一眼嬰兒車裡熟睡的孩子，小嬰孩睡得正酣熟，天氣冷，可愛的口罩保護著他的口鼻。

所有人擠進電梯裡後，還留有一點空間，按鈕邊的小李幫每個人按了樓層，最後即將關門。

「等等！等一下！」外頭突然傳來呼喚聲，耳尖的小李一聽是同事的聲音，連忙按住開門鈕。

一個秀麗的女孩匆匆忙忙地跑了進來，抵住電梯門，氣喘吁吁地閃進電梯裡。

「小李！謝謝！」看見同事，女孩柔柔笑著。

「Penny，這班沒趕上妳就等著罰錢了！該怎麼謝謝我啊！」打卡沒趕及啊，全勤就飛了。

「噯喲，你最有同事愛了，別這樣！」面對小李，Penny 永遠是給軟釘子碰。回頭一瞧，也趕緊跟 Teresa 道早！

電梯一層一層停，人們也魚貫走出，到了九樓後，電梯裡也只剩他們三個人；裡頭照樣是小李喋喋不休的談話聲，Teresa 卻突然收起笑容，眼神四處飄動，而溫柔的 Penny 只是低著頭，淺淺笑著。

抵達十樓，從電梯門出來後，得往右拐一個彎，先經過另一間公司，再往左拐，才是他們的「實用傢俱設計」。

「妳幹嘛？一大早就擺臉？」小李推開門禁的玻璃門，跟 Teresa 抱怨起來，「在電梯裡臉色沒必要那麼凝重吧？」

「我沒有啊！」Teresa 隨口說著，打了卡。

「少來！妳剛剛根本沒在聽我講話！到底是怎樣？」其實小李或是其他人都很瞭解 Teresa 露出那副表情的模樣，「電梯裡……有什麼嗎？」

此話一出，先到辦公室的同仁紛紛豎起耳朵，連尾隨在後的 Penny，都睜圓了眼。

「也沒什麼……電梯裡總是會出現一些有的沒的，你們盡量少一個人坐電梯就是了。」Teresa 嘆了口氣，隱約透露一股傲氣，「只是小孩子的鬼魂，站在角落裡而已，應該沒什麼大礙！」

哇啊啊……這叫沒什麼啊？整間辦公室裡的人都起了雞皮疙瘩，下次誰敢坐電梯啊？！誰知道站在哪個角落會卡到那位小朋友的位子！

這位商品設計公司之花，Teresa 小姐，不僅人長得性感美豔，工作能力也算一流，最讓人訝異的是，她有一雙陰陽眼，能看得見死者亡靈；只是這也是很惹人厭的一點，因為她很喜歡拿這點嚇人，只要她一說誰背後有亡靈，就足以讓對方嚇得十天半個月睡不著。

很少看過陰陽眼的人如此口無遮攔，一般來說，愈看得見的人，不是會愈低調嗎？也聽人說過，亡靈們並不喜歡被談論啊！

可是基於人的好奇心，每一次 Teresa 高談闊論時，大家都是既害怕又好奇，更想知道辦公室或是電梯裡有些什麼不該招惹的東西！

「真的假的？妳別老是嚇人！」一個女同事心底發了毛，不悅地質疑起 Teresa。

只見 Teresa 眼波一流轉，冷冷瞥了女同事一眼，旋即劃上一抹冷笑，直指了她的身後。

「他就在妳背後呢！」

「哇呀呀呀——」女同事一聽，嚇得花容失色，失聲尖叫起來！

辦公室頓時陷入恐慌，被指名的女同事哭得驚天動地，其他同事們哪顧得什麼同事愛，紛紛走避，連小李也躲到角落去，深怕不小心，那位小朋友換個人寄居就不妙了。

「Teresa！」Penny 皺起眉，拍了拍她。「別鬧了！」

跟著 Penny 的這句話，所有同事不約而同地看向她，然後散發出求救的訊號。Teresa 這才志得意滿走向女同事，換上一雙凌厲雙眼，指向她的肩頭——

「滾！這裡不是你該待的地方！」接著一掌擊向女同事的肩膀，啪的一聲嚇得人心臟都快停了！

「好了，沒事了！」她轉瞬間換上平日的笑臉，「他走了！」

掌聲與歡呼聲此起彼落，這時大家心裡都想，Teresa 平常討厭歸討厭，有用時還是非常有用呢！

Penny只是無奈地搖了搖頭，一大清早就搞得兵荒馬亂，幸好老闆還沒到，要不然鐵定被罵到臭頭……呃，其實不會，老闆對於Teresa的「真言」，倒也畏懼三分。

門外匆忙地走來兩個身影，玻璃門應聲而開，先走進來的是甜美的婷婷，接著是一臉憨厚但高頭大馬的大牛。

「遲到囉！」Penny指了指錶，已經八點四十了。

「沒辦法！我在門口遇到樓上王太太！她的小孩才六個月大，又過敏了，一直得戴著口罩呢！」酷愛小孩的婷婷一臉心疼樣，「不然想捏捏他的臉頰呢，寶寶超可愛！」

「這麼喜歡小孩，妳乾脆自己生好了。」小李不知道為什麼，對小孩子從沒什麼好態度，自然對婷婷的言論嗤之以鼻。

「放心，我早就計畫好了，我想要生六個孩子！」婷婷一點兒也聽不出來小李話裡的嘲諷，還興奮莫名地說著，「三個男的、三個女的，剛剛好呢！」

「不好不好，一次那麼多個開銷太可怕了！」大牛莫名其妙接了口，「我家小狗每次都生一堆，我捨不得丟掉，一養就花不少錢呢！」

大牛天性老實，愛狗成痴，大家都知道他有多愛狗，家裡那兩隻寶貝拉布拉多犬已經生了一大窩小狗了，他都捨不得送掉，揣在懷裡當寶。

「大牛，說話小心點，你把婷婷當狗啊！」Teresa沒好氣地指正大牛，順便白了小李一眼，她不覺得喜歡小孩有什麼錯，反倒是小李的論調才怪咧！

「啊……我沒那個意思！婷婷，妳不要生氣！」大牛慌張地解釋起來，「我的意思是說……」

「別在意啦！」婷婷紅了臉，大牛真是單純，「我才沒那麼小心眼！我會努力賺錢來養我的寶貝的！」

眾人七嘴八舌聊了起來，彷彿忘記剛剛小孩子的亡靈跟蹤事件，也忘記現在是上班時間，一直到老闆進公司後，所有人才飛也似地奔回座位，開始一天的工作。

公司一點都不大，總共也才十幾個員工，唯有老闆有單獨的一小間辦公室，其他的空間簡單到不行：一個長方形空間，最前面是偌大的白板、飲水機、右邊有小小的茶水間，然後是兩兩成雙的位子，都以OA隔板相隔。

老闆的辦公室及會議室都在左手邊，與員工的區域也有一片OA隔板隔開。

Penny跟Teresa同屬於商品設計部門，兩個人共同開發傢俱的新品設計，最近有廠商想要新款的多功能櫃子，老闆便把案子發給她們做；她們的座位位於最後方，幸運的是右手邊就是出入口的玻璃門。

小李有張舌粲蓮花的嘴，絕對適合業務，公司有不少大案子都是他談成的，老闆的確非常器重他；除了愛打嘴炮跟泡妞外，就是他挺厭惡小孩子的，其他倒沒什麼缺點。

婷婷是業務助理，甜美乖巧，耐心十足，幾乎沒人看她生過氣，而且貼心得不得了，她可以記得每個人的飲食喜好、辦公桌擺設的習慣，甚至是每個人的生日；更別說她超愛小孩子，不僅常往幼稚園跑，還是孤兒院的義工，如果她當了媽媽，鐵定是個好媽媽。

至於大牛，管理貨物與工廠下游，為人老實憨厚，還沒有結婚就有了親愛的家人；家裡大大小小總共七隻狗，年初時跟了他十五年的老拉布拉多去世，他為此還請了喪假，哭得死去活來，整整瘦了七公斤。

公司雖小但五臟俱全、各種個性的人聚集在一起，也各有所長，同事相處融洽，恬靜溫柔的 Penny 換了好幾家公司，總算挑定了這一間，她也覺得欣慰……除了身邊這位動不動就看得到鬼的 Teresa 之外。

Penny 拿起馬克杯，前往茶水間準備泡杯香濃的三合一麥片，還沒走進去，就聽見裡面的女人吱吱喳喳。

「喲……好噁心喔！」Maggie 嫌惡般地看著自己的茶杯。

「怎麼會這種顏色啦！」婷婷注意到走進來的 Penny，「Penny，妳看，這個水好可怕！」

Penny 狐疑地上前，流理台上正有著隆隆水聲，在婷婷她們打開的水龍頭下，流出的是帶點青綠色的水。

那是種很奇怪的顏色，透明中帶著青與黃，好像是水管壁裡生了綠鏽，水經過所沖出的顏色。問題是水管若是真的生鏽，不該是這種顏色，應是帶點黃棕的鐵鏽色。

「想洗個杯子都沒辦法，超噁爛！」Maggie 皺了皺鼻子，湊近一聞，「不過倒沒什麼怪味……只是有股酸酸的味道。」

婷婷好奇地湊上前一聞，果然只有酸味，不過這種奇怪的水沒人敢用，於是她們往飲水機那兒去，用蒸餾水徹底沖洗杯子。Penny 看著持續流動的水，總覺得那色澤詭異，禁不起好奇心，也拿手裡的杯子盛了一些。

水在白色的杯子裡呈現較深的綠色，雖然看上去還是半透明狀，無論誰都不會認為這是沒問題的水；猶豫了好久，Penny 趁婷婷她們沒注意，也把杯子湊近鼻邊——

噁！一陣刺鼻的惡臭傳來，讓 Penny 瞬間失手滑掉杯子，馬克杯摔進碗槽裡，應聲碎裂，發出好大的聲響！

「哇呀——嚇、嚇死人啊！Penny！」Maggie 瞪大了眼，嚇得揪緊胸口。

「Penny，妳怎麼了？」婷婷關心地上前來，趕緊關掉水龍頭，瞧著提耳斷掉的馬克杯，「手滑了嗎？」

Penny 顫顫地點了點頭，緊皺著眉，用力閉著氣。

那是什麼味道？哪是什麼酸味啊？那根本就是令人難以忍受的腐臭味！好像泡在水裡一個多月的浮屍、或是分解中的屍體，細菌分解著脂肪，所散發出那種洗一百遍也洗不掉的屍臭！

青綠色……不就是腐爛的顏色嗎？Penny 突地打了一陣寒顫，她愈想愈可怕！

倉促地撿起破碎的馬克杯，一股腦兒全丟進垃圾桶裡，那杯子就算洗得再乾淨她也不敢喝，因為那逼人的惡臭，根本不會消散！

可是……為什麼婷婷她們沒有感覺？她們只聞到酸酸的味道？

Penny 一個人站在茶水間裡，雙手交叉胸前，緊繃著身子、直盯著水龍頭看，她總覺得一切不對勁，但是卻又不知道這種異樣是怎麼來的？

聽著外頭 Maggie 說要叫人來看管線，她上前一步，決定再試一次。

扭開水龍頭，再確認一次那讓她反胃的惡臭是不是真的！

Penny 伸出手，小心翼翼地緩緩扭開，水開始一滴兩滴的滲出……然後是一條細流，接著又是那青綠色半透明的水柱，站在這裡，她卻沒聞到味道？

才在狐疑著，那半透明的水流顏色忽地變了，變得比較深一些、也比較濁！Penny 定神一瞧，發現那水中彷彿跟著流出一道血絲，雜在這青綠色的水中。

瞬間，腐屍般的惡臭又傳了出來！

唔！Penny 飛快地關緊水龍頭，看著在槽中的水如漩渦般一圈一圈的往下流去，在銀色不鏽鋼的碗槽裡繞著，積水中確切地夾雜著紅色！

Penny 下意識的退開，她不想去想太多，希望一切都是錯覺、希望真的只是水管的問題，她閉上雙眼，逕自取了紙杯，走出去倒蒸餾水喝。

Teresa 和幾個人與她擦身而過，大家都在討論水的顏色與怪異的味道，所以勞駕陰陽眼教主出馬探查；Penny 盡可能放鬆緊繃的神經，走回座位繼續工作。

「這好像不是水管的問題！這個顏色不是生鏽！」裡面傳來一陣驚呼，Teresa 帶著幾個人走出來，「我們要請水管工來看，可是也得注意一下不對勁的事情。」

「什麼叫不對勁的事情？」婷婷試探性問著。

「就是妳們看到有影子閃過、或是有背脊發冷這種事，說不定這是有什麼在作祟！」

Teresa 鐵口直斷。

辦公室裡又是七嘴八舌，茶水間不停傳來水流動的聲音，一直有人在開水龍頭，那水流聲讓 Penny 渾身上下不舒服，每次一聽見水打在不鏽鋼碗槽裡，她就會打個顫。

而隱隱約約地，她彷彿聽見水流進水管後，還發出嗚咽的聲音。

吃飯時間，所有人不約而同地離開公司、還不約而同地走樓梯下去，甚至不約而同地跟著 Teresa 進入同一間連鎖牛肉麵店，坐在同一張餐桌。

唯有 Penny 因為想把設計稿畫完，晚了十分鐘到，而且她傻裡傻氣地坐電梯下來，完全忘記 Teresa 早上才說過關於小孩怨靈的事情。

「我確定是怨靈作祟！」陰陽眼教主 Teresa 擰著眉頭這麼宣布著。

「我也這麼猜……早上不是才附上誰的身嗎？」小李跟著附和，看向 Penny，「Penny 啊，妳能全身而退真是太幸運了！我們根本沒人敢坐電梯！」

「可是……也很多人坐啊！」Penny 尷尬地笑著。

「問題是妳在十樓坐電梯時只有一個人吧？我們樓上就沒有任何公司了啊！住商混合的大樓，一般住家怎麼會在中午時間下樓！」小李邊說邊製造詭譎的氣氛，「妳踏進電梯裡是空蕩蕩的……誰知道是不是空空蕩蕩哪……」

「不要再說了！好嚇人！」婷婷都快嚇哭了，摀起耳朵不想聽。

「好了啦！你們別插嘴，讓 Teresa 說完啦！」

「對啊！看情況是怎樣，我們也好請人來做做法事什麼的……」

接著一片安靜，十幾個人的目光重新放在了 Teresa 身上。

她嘆了口氣，眉頭深鎖，筷子在嘴邊咬了又放、放了又咬，感覺得出來，這件事似乎非常棘手。

「大家要知道，這棟樓不是很乾淨，附近的馬路事故多，地縛靈滿街都是！而且剛剛那種綠色的水很不尋常對吧？還有股奇怪的味道……我怎麼想，都覺得應該是電梯裡那個小孩子的靈在作祟！」

「小孩子……這裡不是新建的大樓嗎？為什麼會有小孩子的靈？」婷婷既害怕卻又心疼地提出疑問。

是啊！這是棟新落成的大樓，當初也不是墓地去改建，甚至還是從四樓公寓拆掉再改建的，從來也沒有聽過有失火、或是重大刑案發生啊！

「還是……之前其實有發生過什麼事，然後我們都不知道？」大牛直覺想到，畢竟這棟樓還是經過拆建，說不定事情發生在過去。

「有可能！有人可以去找到過去的資料嗎？」Teresa 邊說，眼神卻擱在小李身上。

「……幹、幹嘛看我？我只是個業務、業……」跟著，所有人都懇求般地看向他了，

「好、好，我去問問！就從管理員下手、再不然去問房東！」

「就麻煩你囉！知道了過去，就能解決未來！」Teresa自信滿滿地說道，當下吃了口麵。

「該不會有小孩被殺了，埋在土裡吧？」婷婷竟然開始聲淚俱下，「還是被混在水泥裡……太殘忍了！」

「喔！拜託！」小李不耐煩地瞪著婷婷，「又不是妳小孩，妳是在哭什麼？」

「可是會有小朋友的亡靈，除了被殺死而含怨，還有別的理由嗎？」婷婷邊說，邊想起最近接連不斷的虐童案，「你們沒看到每天新聞都在報，動不動就有小孩被虐待、被鞭打、被殺死……」

「妳不知道啦！有的小孩不打不會乖！」小李哼了一聲，竟然這樣接了口！

匡啷一聲，瓷湯匙落在瓷碗裡，鏗鏘嚇人，連小李都被嚇得跳起，連忙轉向聲音的方向；原來是Penny，不知道為什麼刻意把湯匙扔出聲響來。

「對死者要心懷敬意。」她冷冷地，像是警告般地說著。

一向溫柔又隨和的Penny突然顯露出駭人的一面，讓所有人都噤了聲，就連小李也不敢接話反駁，誰叫Penny的眼神冰冷，彷彿快要刺穿他似地可怕。

「不管如何，都不該對死者不敬，若是真的亡靈，光這點他就可以惡整你。」Penny一雙眼依舊盯著小李不放，「我建議你，快點道歉比較好。」

道歉？道什麼屁歉！小李無法理解Penny的言行，她有必要這樣當眾不給他面子、不給他台階下嗎？吐他槽已經很機車了，現在還要他跟什麼勞什子東西道鬼歉！

「妳在幹嘛？找我碴啊？」小李不客氣地丟下筷子，「我跟什麼東西道歉啊？死就死了，又不是我殺他的！幹！」

「小李！」大牛想出面緩頰，卻換得小李一聲啐罵，然後他就離開了座位。

氣氛頓時變得緊張，大家只得低頭默默吃麵，只有幾個人不解地偷瞄著反常的Penny，不懂為什麼她會突然如此強硬！可是席間根本沒人敢問，大家隨便囫圇吞完午飯，然後三三兩兩地走回大樓。

「Penny！Penny！」婷婷跟大牛倒是追了上來，「妳是怎麼了？剛剛好嚇人！」

Penny回首，只是笑而不答。

「可是我覺得Penny剛剛說得很對！對死者要心懷敬意！」大牛低沉的嗓音，說來有令人安穩的感覺，「不管如何、死者為大……更何況萬一是被虐殺的話，小李的言論就太過分了。」

「呵，大牛最善良了！」婷婷笑著讚許，「人家都說愛動物的人心最好！」

「呃……沒、沒什麼！」大牛一經稱讚，不覺紅了臉，還尷尬地搔起平頭來，「我只是認同Penny的話而已。」

Penny也跟著笑了起來，她瞥了大牛的腳邊一眼，這個大牛心腸真好，想必未來一定會有好報！走進大樓裡時，迎面走來另一對夫妻，同是十三樓的張先生夫婦，他們手上牽著一個五歲大的男孩。

「房東的孫子耶！」婷婷彷彿認識一整棟樓的孩子似地，飛奔過去，「仁仁！」

這棟樓的十三樓全是房東自己留下來的樓層，聽說這塊地跟這棟樓都是屬於老房東一個人，他說十三樓有人忌諱，乾脆留給孩子住；張先生看起來道貌岸然，是個高中老師，張太太則是個家管，兩個人育有一兒，但不怎麼親切。

婷婷看到小孩就什麼都忘了，也不把他人的冷漠放在眼裡。

「阿姨！」仁仁見到婷婷，綻開可愛的笑顏。

「要出去玩喔！好幸福喔！」婷婷蹲在孩子面前，開始摸索著口袋，「猜猜，今天是左邊口袋還是右邊口袋？」

Penny 跟大牛走近了他們，跟張先生夫妻點頭微笑，張太太回應了，但張先生卻只是敷衍地別過了頭。

婷婷故意在左邊口袋做出窸窣聲，讓孩子一聽便明瞭，所以仁仁直指左邊口袋，然後她便拿出了一塊藍色的薄荷糖。

「仁仁太聰明了，每次都猜對！」婷婷一臉洩氣樣。

「阿姨好笨喔！都不小心弄出聲音！」仁仁咯咯笑著。

「仁仁！說什麼！沒禮貌！」張先生突然怒斥一聲，嚇著的卻是婷婷。

小孩一聽見父親的怒吼，立刻僵直身子，甚至還微微發起抖來。婷婷一見到仁仁嚇成這樣，急忙拍了拍他，然後昂首看向張先生。

「張先生，別嚇到孩子，童言童語嘛！」

「小姐，我在管教自己的孩子，請妳閉嘴！」張先生不悅地睥睨著婷婷，「就是有妳這種大人，才會教出現在這些不知輕重的小孩！小孩從小地方就要開始管教，一點都馬虎不得！」

婷婷萬萬沒想到被一記回馬槍刺得落地下馬，簡直是無地自容，她真的覺得愈是孩子愈該保有他們的童心，畢竟人生幾年都是在風霜中度過，童年是最美好的，沒有必要如此嚴厲地教養啊……

尤其張先生的論調，好像她在帶壞他們家小孩一樣。

婷婷噙著淚水，將手中的糖果往仁仁手裡塞，跟著就往前多奔幾步，頻頻拭淚。

面對這尷尬的氣氛，張太太卻不發一語，感覺她想說些什麼，但懼於丈夫的威勢，不敢吭半聲。

「你怎麼這樣說話？婷婷只是跟仁仁玩而已啊！」大牛忍無可忍，幫婷婷出頭。

「我已經說過了，這是我們家的家務事！我的孩子我自己知道怎麼管教！」張先生甚至俯身把仁仁手中的糖果拍掉，「還有，請不要老是塞沒用的垃圾食物給我的小孩吃！」

「夠了！」Penny 突然一步上前，抓住了張先生的手腕，「做人留三分餘地給別人，就是留七分餘地給自己。」

張先生沒料到有人會直接動手抓住他，有些錯愕，不遠處的管理員彷彿看戲似地，從剛剛就一直盯著他們瞧；由於面對的是女人，他不想讓管理員繼續看笑話，於是很假紳士地打算不跟 Penny 計較。

但是眼尖的 Penny，在張先生搶孩子糖果的那一瞬間，瞧見了一個景象！她蹲下身來，輕柔地握住仁仁的手掌，然後唰地把厚外套的袖子往上拉。

那是幅驚人的景象，在白嫩的小手腕上，全是青紫的塊狀瘀青。

「這是你自豪的教導嗎？」Penny 皺起眉，怎麼看都知道那是好了又傷、傷了又好的瘀血啊！

「妳這女人！管太多了！」張先生搶回仁仁，抓住他的手，直往外頭拽。

「不會吧！你打小孩嗎？」大牛高頭大馬，一步就擋住張先生的去路，「你該不會虐待兒童吧？」

「沒有沒有！我們是高水準家庭，怎麼會做這種事！」一直沒吭聲的張太太突然奔上前，「那是仁仁不小心自己跌傷的！對不對？仁仁！跟阿姨們說！說啊！」

一聽見仁仁被打，婷婷早就跑了回來，她沒瞧見傷痕，只感受到對峙的氣氛。她也不想再去管大人，只顧著蹲下身子，溫柔心疼地撫摸著仁仁。

「仁仁，跟阿姨老實說，是不是你爸媽虐待……我是說常常打你？」唉，孩子哪懂得什麼叫虐待？他們會親身領受、卻不瞭解名詞的意義。

「你們這些外人，夠了沒！要找虐待狂，幹嘛不去找十七樓的王先生！」張先生氣不過，把別人扯出來當墊背。「我是老師耶，怎麼可能會做這種事！」

仁仁緊抿著唇，淚水盈滿眼眶，那委屈模樣不由分說，接著他湊在婷婷耳邊，細細瑣瑣地說了些蚊蚋般的話。

「走！神經病！」張先生使勁扯動仁仁的手臂，將他提拉起來，往懷裡抱住。

「喂，這樣很容易脫臼耶！你會不會帶小孩啊！」Penny高聲呼叫著，簡直不敢相信有父親會用拉著手腕往上吊的方式拉孩子！

只是張先生沒再理會他們，加快腳步離開大廳，還沒忘記回首瞪了管理員一眼，似乎在暗暗警告他最好閉嘴別聲張！張太太一臉快哭出來的模樣，咬著唇，趕忙踉踉蹌蹌地追了上去。

「搞什麼……太過分了！」大牛目送著他們遠去，氣憤難平。

Penny只是嘆了口氣，眉頭緊蹙，她心裡頭有不好的感覺，一時說不上來，但是恐怕不是好事情。

思忖了一會兒，她讓婷婷他們倆先回去，自個兒留在大廳打電話，想確定一件事。

「喂，是我。」電話接通時，她的口吻自動變得甜膩。

『哼……想我了嗎？難得中午就打給我。』對方是男人的聲音，輕而揚，相當悅耳。

「少來！我這邊有個狀況，我想問一下……」

『嗯？什麼狀況？』一聽見女友這種口吻，男人的警戒心立刻升高。

「我們大樓的水質有問題。」Penny深吸了一口氣。

『嗄？水質？呵呵……妳是怎麼了？水質有問題，要找自來水廠或是請人來檢查管線！』男人不由得笑了起來。

「噯呀，不是那種水質不好！」Penny無奈地抗議著，「提到青綠色的水，你會想到什麼？」

電話那頭突然沒了聲響，男人輕笑的聲音消失，他沉吟著，感覺非常嚴肅。

『除了青綠色外，還有什麼？』

「我聞到……有一股像腐屍一樣的惡臭。」

『那，就是腐屍了。』

第二章．牆裡的悲鳴

『那，就是腐屍了。』

男友的聲音一直縈繞在腦海裡，遲遲無法消散！Penny 即使正在工作，卻無法專心！因為她知道男友說的話有多高的準確性，如果他認為那是腐屍的味道，那這裡就百分之百有腐屍！

腐屍只是一種比喻，因為只有她聞得到惡臭，一般來說，凶惡的妖魔或是不平的怨魂，也會散發出這種令人恐懼的味道。

可是她再怎麼看、怎麼感覺，還是沒發現有什麼不乾淨的東西存在啊！

Maggie 去串過門子，發現整棟大樓包含廁所在內，這兩天的水質愈來愈混濁，而且味道愈來愈重、顏色似乎也愈來愈深！管理員已經約了水電工，要從頂樓的水塔開始查起。

要不是水沒什麼臭味，大家都會想到前一陣子某社區大樓的水塔浮屍，喝屍水喝了幾天，嚇死一堆人！

Teresa 大師開始講解一切異端，更嚴正地剖析這一切異象絕不單純，一定是有人犯了什麼忌，或是有什麼封印被打開了。

連老闆也無心上班，一夥人乾脆聚在一起討論起來：像公司應該放個八卦鏡在門口啦、明天屬什麼生肖的該佩戴什麼啦、要聯合申請管委會辦個法會啦、要求房東說出建地以前有什麼問題等等。

唯有婷婷一直處於恍神狀態，她回來後就一直煩心仁仁的事情、又聽見張先生說王先生也虐兒她就更緊張，因為王先生的孩子只有六個月大而已；大牛則在一旁開導她、希望她不要那麼難過。

而 Penny 卻坐在位子上處理自己的事情，沒加入婷婷與大牛的保護兒童運動、也沒有加入 Teresa 教主的驅魔自衛，只是左顧右盼地，希望可以感受到些什麼蛛絲馬跡。

唉，這棟樓明明很乾淨啊，怎麼會這樣？Penny 搖了搖頭，萬分無奈地從皮包拿出一個黑色的錦囊，上頭繡著金紅色的字，然後她緩緩地將束口袋打開。

「去看看。」她低聲說著，還邊注意有沒有人在看她。

一瞬間，兩道黑影咻地衝出錦囊，鑽進玻璃門下方門縫，轉瞬不見蹤影。

當初會對就業的地方挑三揀四，就是因為大多數的地方都不乾淨、有的存在著可怕的魍魎凶靈，她不想去招惹應付，自然能閃多遠是多遠；而這間公司的地理位置充滿陽氣、乾淨宜人，又剛好符合她的專長，再完美不過了。

其實最近辦公大樓裡的確有些怪事，像是大廳裡的萬年青突然死了、吊燈有幾顆玻璃珠掉了下來，外頭庭園的路燈突然扭曲……

許多不正常的事物因為太常在日常生活中發生，久而久之，不正常也被視為正常。

也因此，她到今天細細回想，才發現早在之前就已經有了端倪，只是因為大家麻木了而已；就像婷婷關心的孩子們，以前一樁虐童案就能震驚社會、眾怒難平，現在呢？已經變成了司空見慣的狀況。

每天最少一起、多的話連死的是男是女、幾歲大都不記得了。手機震了幾下，為了不被驅魔教主的信眾們打攪到，Penny 選擇離開辦公室，到外頭的走廊上接聽。

「嘿，我沒事啦！」她知道他在擔心什麼，一接起電話就溫聲以對。

『都已經有青綠色的屍水了還叫沒事？』男友憂心忡忡，『當初是一起去看的，那棟大樓很乾淨啊！』

「我也不知道……我已經叫『人』去看了。」Penny 靠著窗邊，剛好站在電梯前。

『妳感覺呢？有任何不乾淨或是威脅性的東西存在嗎？』

「沒有！我就覺得奇怪，這裡乾淨得很，連亡靈我都瞧不見！」

『咦？這就怪了……嘖，妳自己小心點，該戴的東西都有戴著吧？』男友沉下聲音，提點著。

就愛擔心！Penny 心裡這麼想著，嘴邊卻甜甜笑著，交往了那麼多年，他待她一如當初交往時的體貼。

叮！Penny 注意到電梯邊的燈亮了，有人上來十樓了。今天下午聽說有廠商要來訪，算算時間也差不多了！

「差不多就這樣了，我得回——」Penny 的聲音突然止住，瞪大著雙眼看向緩緩開啟的電梯門。

電梯門開了，但是裡頭……並沒有任何電梯！該是電梯的箱子並沒有一同出現在十樓，她現在眼前所見，只有數條黑色的纜線在半空中晃盪而已！

『怎麼了！』電話那頭出現了緊張的聲音。

「電梯……故、故障……」她緩緩移動身子，沿著牆邊往公司的方向走去。「門開啦，但是箱子沒一起上、上來……」

『那是故障嗎？』

「不、不太像……」Penny 屏氣凝神，一雙眼不敢離開敞開的電梯門。

『離開那裡——』男人忽地大叫了起來。

同一時間，晃動的纜線突然劇烈地動了起來，空中傳來詭異的迴音，緊接著是纜線斷裂，斷裂之處閃爆著火花，並且像有人操控著般，直直朝 Penny 而去。

說時遲那時快，兩道黑影及時擋在 Penny 面前，擋去了直撲而來的纜線、而她就抓準那一刻鑽進細廊裡，緊跟著向左拐便奔進辦公室中！

她衝進去時也沒有人注意到她，只有婷婷回首瞥了她一眼，見到她蒼白的臉色本有狐疑，卻被她以微笑含混帶過；Penny 緊扣著手機，從容地走進了小小的茶水間裡。

「我沒事，『他們』及時幫我擋掉。」Penny 重新拿起手機，深吸了好幾口氣。

『有東西攻擊妳？』

「我覺得不是針對我，只是隨機取樣……不跟你談了，晚上見面再說。」Penny 急著掛電話，不是不想跟心愛的男友講話，而是擔心靈體透過無結界的電話線路，能直接侵犯到她。

才掛斷，她就從口袋裡拿出一小張貼紙，貼在手機上頭，那是暫時抵禦用的迷你符咒。

「辛苦了！我會備上大餐感謝。」蹲下身子，她朝著門口打開錦囊，「謝謝你們！」

黑影不知從哪兒流竄進來，像極了兩道在空中漫舞的水流，蜿蜒地繞過辦公室、拐過門縫，以完美的曲線進入錦囊當中。

Penny 起了身，把束口袋給拉緊，找一處安穩的牆倚靠著，然後以雙手包覆著錦囊，輕闔雙眼，宛似進入冥想中的狀態，飄渺地……舒緩地……

她感到頭重腳輕，整個人似乎飄在半空中，她手中的錦囊傳遞著訊息，讓她得以看到他們所看到的。

雙腳忽地一沉，彷彿有股吸力將她往地面吸去，Penny 及時睜開雙眼，平衡住身軀，發現自己已經站穩了地……站定在不屬於辦公室的空間裡。

她站在窄小的空間裡，應該是屬於客廳的擺設，兩人座的黑色皮沙發、籐編的茶几，是個相當簡單的地方，但環境不是很乾淨，甚至可以用髒亂來形容。

東西丟得到處都是，還有臭襪子與泛黃的汗衫，廚房的垃圾不知擺了幾天，臭氣熏天，蒼蠅蚊子在空中愉悅地飛舞。Penny 以輕鬆的滑行姿態往前走去，她看見某個房間外有著淡金色的光芒，彷彿盛夏中汽機車陣中的熱浪般，有什麼力量正扭曲著空氣。

「唔……唔……」被悶著的聲音隱約傳來，Penny 也滑行到了門口。

那是間充滿汗味與淚水味道的房間，她瞧見一頭亂髮的王太太，正面無表情地坐在床緣，抬起纖細的手，毫不留情地一掌再一掌的打著她那六個月大的親生兒。

襁褓中的嬰兒被小心翼翼裹在毛毯裡，婷婷口中所謂的小臉頰被母親決絕的手勁打得滿臉青紫、紅得發腫，他那雙包著手套的小手痛苦地掙扎揮舞，用這個動作來象徵臉上的疼痛！

孩子涕泗橫流，痛得哭嚎，但是他沒有聲音。

他不是不想哭，而是哭了也發不出聲音，因為王太太用手帕摀住了他的嘴巴，不讓他的哭聲震天價響地招來鄰人。

Penny 認為，對嬰孩來說，這是一種極刑啊！

他遭受母親的暴力，雖然只是持續不斷地揮以巴掌，但是對那細嫩的小臉來說，是多大的痛楚？而這份痛苦本該藉由哭嚎傳出，卻連這唯一的管道都被封殺。

Penny 仔細看向王太太，甚至坐到了她的身邊，王太太不會發現她的存在，因為她現在只是一部分的靈體出遊而已。

王太太真的沒有什麼表情，眼中甚至也沒有恨意，但是宛如機器人般，揚起、打下，那力道次次強勁，沒有因為那是她的親生兒而放軟手。

嬰孩拚了命地想哭，但所有的聲音都被帕子吸走，然後 Penny 直起身子，她聽到了一絲聲響。

她看到被扭曲的空氣益加明顯，變形得愈來愈嚴重，而且如同聲波似的不停往外擴張、放送，傳遞到牆裡頭而消散。

Penny 飄到牆邊，雙手輕輕地貼上牆，盡可能不跟牆融為一體般的側耳傾聽，她明明聽見某個聲音的！

『嗚嗚……嗚嗚嗚嗚……』牆裡頭，竟傳來低鳴！

Penny 嚇得離開了牆，她不可思議地望著白牆，一旁的王太太仍舊努力不懈地毒打自己的孩子，而嬰孩喊不出的哭聲，依然扭曲的空氣，傳遞著某種委屈，一寸寸沒入白牆之內。

『嗚嗚……嗚嗚嗚嗚……』那悲鳴再度湧現，Penny 幾乎連呼吸都要停止了。

她揪著胸口，那聲音是水管的迴音？還是真的有什麼在哭泣呢？聽起來既悲淒又痛苦，雖然伴隨著水流聲，但是她怎麼聽……都覺得那像是有人在哭！

當她發現右手不止地顫抖時，也感受到襲來的視線，她倏地回首，剛好與哭泣中的嬰孩四目相對！

淚眼朦朧的嬰孩啜泣著，瞇起的小小眼睛卻直視著她——

『嗚嗚……嗚嗚嗚嗚……』身邊牆裡又傳來水管的低鳴，『救他！救他啊……求求妳救救他！』

喝！Penny 瞪大了眼睛，水管裡有人說話了！

不知從何而降的聲音，讓她不假思索地向下穿透了地板，她的靈魂飛快地穿過一層又一層的樓層，飛也似地向下突破——

「Penny！」一個女孩的聲音入耳，「Penny？Penny 妳怎麼了！」

肩膀感到一陣溫暖，Penny 緩緩睜開雙眼，她無力地跌坐在地板，背仍倚靠著白牆，有些昏沉地看著眼前的同事。

「怎麼了？」Teresa 快步走了進來，大家包圍著她。

「……沒事……只是貧血。」Penny 虛弱地說著，才剛回到身體的她，意識無法跟身體完全結合。

「剛剛妳進來時我就覺得妳臉色好蒼白喔！還好嗎？」婷婷焦急地探視她，「我記得我有放巧克力粉在這裡的……我泡一杯給妳喝！」

Penny 微微點頭，其實只要過個五分鐘，她就能夠恢復正常；現在她滿腦子想的只有聲音的來源，六個月大的孩子根本還不會說話，那剛剛是誰在說話？

而且，那是女孩子的聲音！又為什麼會在牆裡！

『嗚嗚……嗚嗚嗚嗚……』她倚靠著的白牆，忽然傳來聲響！

「喝！」Penny 立刻緊繃身子，抓住眼前的 Teresa，就往前移動！「聲音……那是什麼聲音！」

Teresa 被她蒼白緊張的神色給嚇到似的，一時沒有回應，順著她的眼神往牆望去，所有擠在茶水間的人也皺起眉，盯著白牆，彷彿想把牆看穿一個洞似的。

『嗚嗚……』果不其然，聲音還是在牆裡遊動著，『嗚嗚嗚嗚……』

「就是這個！」Penny 指著牆，希望大家有聽到！

「哎喲！妳要嚇死人啊，Penny！這只是水管的聲音啊！」Teresa 好氣又好笑地白了她一眼，「有時候還會咯噠咯噠的，都是正常的！」

「水、水管的聲音？」Penny 嚥了口口水，她發現她全身發冷，血液根本流不到全身。

「是啊，水管不是都這樣嗎？」連大牛都說了，「水管是埋在牆裡的，水流過時總會有些聲音啊！大概是我們牆薄，所以聲音傳了出來。」

是嗎？是嗎？Penny 不可思議地看著在笑她的同事們，她心底卻不這麼認為。

「那我們以前有聽過嗎？」

Penny 提出這個問題，現場立刻一陣錯愕。是啊，經 Penny 一提，水管那嗚嗚的聲音好像以前沒聽到過耶……怎麼今天聽得特別清楚？

「可能平常沒人注意吧？」Teresa 聳了聳肩，笑看著她，「小題大作。」

Maggie 扶了她起身，一夥兒走出茶水間，而那牆裡依然傳著嗚嗚的哭泣聲，並且愈來愈清晰。Penny 走了出來，立即伸出手扶著牆走，她手指輕輕地劃過牆壁，想感受些什麼。

『嗚嗚嗚嗚……嗚嗚嗚嗚……』那聲音，彷彿跟著 Penny 的手指滑過來了！

像被電擊到一般，Penny 飛快地縮回手，連扶著她的 Maggie 都被嚇了一大跳！Maggie 有些膽怯地看向牆面，然後看向 Penny。

「那個聲音……怎麼好像會跑？」她自己覺得說這個很可笑，但是她就是聽到了。

「那是因為這棟大樓四處都佈滿了水管，一有聲音是會有迴音的！」Teresa 一臉不耐煩的樣子，「請不要再拿水管的迴音做文章好嗎？」

這棟大樓的牆裡到處都佈滿水管？！也就是說，如果真的有什麼的話，它就可以順著這棟樓所有的水管，來到各個地方！？

「可是 Teresa，妳不覺得那聲音很像有人在哭嗎？」Maggie 哽咽地說著，所以她一直覺得好可怕！

Maggie 才說完，辦公室裡的人都白了臉色，其實大家不是沒注意到，只是沒人特別提也就不會去想像！可是現在經過 Maggie 形容後，大家才發現那真是貼切得不得了，就是一個人的哭聲！

而且很沉重、很悲哀地迴盪著，最可怕的是，每次只在某一面牆裡響起，彷彿會流動似的，在這個正立方體的空間、四面八方流竄！

Teresa 抿了抿嘴，神色凝重地走向白牆，只淡淡說了句：「我現在看不到有什麼，不過那哭聲很像小孩子。」

「小孩子？那豈不是又是那個電梯裡的——」有人驚呼出聲，但不敢說完整句。

Penny 的身子更僵也更冷了，她的頭皮甚至開始發麻，她可以感受到自從水管傳出哭泣聲開始，空氣的流動變了！這種密度的變化代表著空間的改變，而會影響空間改變的因素就是——死靈。

她回到座位上時，小李跟著推門進來，他直接走到桌邊喝水，臉色不悅地抱怨電梯壞掉、水管突然有怪聲、這是棟爛大樓等等，但瞧他的模樣，好像打探到什麼似的。

嚴格說起來她也知道了這些異象的來源，來自一個可憐孩子的哀鳴；但問題是，這個哀鳴所造成的波動，究竟引出了什麼？

「小李，你回來了啊？」Teresa 飛快地走近他，「怎麼？有打聽到什麼嗎？」

「真是氣死我了！你們不知道房東態度有多差！」小李氣得開始踢椅子，不忘多灌幾口水，「我從管理員那邊問到一些東西，房東就過來聽，聽一聽我都沒開口，他就開始罵了個亂七八糟……」

「你說慢一點，先坐下來啦！」大牛根本聽不清楚小李的連珠炮，忙安撫他先靜一靜。婷婷在遞給 Penny 一杯熱可可後，再貼心地為小李奉上冰茶，讓他稍事喘氣後，才開始娓娓道來。

聰明的小李第一直覺就是去找管理員阿伯聊聊，果不其然，管理員以前算住在附近，所以對過去的舊公寓不算陌生，他提到過去這裡的住戶很單純，唯有一對夫妻，大家覺得大有問題。

那是住在頂樓的夫婦，老公虎背熊腰、看起來一臉凶狠樣，說話總是粗聲粗氣地，挺了個啤酒肚，走在街上跟螃蟹似的橫行，附近鄰居都會自然閃避；而他的妻子，是個瘦弱矮小的女人，眼神空洞、常常面無表情的跟在他身後，總是畏畏縮縮。

女人有兩個孩子，老大是前夫生的，說前夫也很怪，因為女人當初是未婚生子，誰叫男友撒了種就入了獄，再也沒有聯絡；後來她遇上現在這個男人，結了婚，才生下第二個小孩。

也因此男人總是抱著自己的親生孩子，笑嘻嘻地叼著菸走在前頭，女人則牽著老大，帶著同樣哀淒的臉龐、踩著同樣的步伐。

大家都知道那男的不學無術，是個混混，抽菸喝酒吸毒樣樣都來，女人雖然是兩個孩子的媽了，好像連二十二歲都不到，聽說生老大時，也才十七歲。

然後他們在頂樓還加蓋了一間小屋，可是每天晚上，都會傳來可怕的爭吵聲。

管理員發誓，有天晚上他氣得到頂樓去看，親眼看見小小的玻璃窗邊站著女人瘦弱的身影，然後強壯的男人由後揪緊她的頭髮，拳頭狠狠地從她的後腰際擊去、一拳再一拳。

女人驚恐的叫聲、淒厲的哭聲，在黑夜裡聽來特別令人膽寒。

大家都知道，男人又喝了酒了！他喝了酒就會開始打女人，女人身上常常都掛著傷，每天過著恐懼至極的生活，從來不知道哪一天拳頭落下後，她會再也醒不來。

「所以……是女人的鬼魂作祟嗎？那個女人死了嗎？」

「不不！事情沒那麼簡單。」小李又喝了一大口水，繼續生動描述，「聽說後來哭聲變了，變成小孩子的聲音，不再是女人的叫聲了。」

「天哪！是不是那個老大！」敏銳的婷婷叫了出來。

「沒錯！大家都這麼說！因為那男人超疼自己的親生孩子！」小李比了個賓果，「聽說老大後來幾乎都走不出家門，大家都推斷她連腳都被打斷了、或是怎麼的……反正某一天，他們就突然搬走了。」

「搬走了？那小孩呢？」大牛狐疑的問。

「不知道。」小李此時聳了個肩，「沒人看見那個小孩。」

「怎麼可能？就算出了事也會有屍體啊！」Teresa 不能接受這個說法，因為這跟她的論點相違背。

「偏偏就沒人見到老大！不少人見到他們搬家，就男人帶著女人、拎著自己的小孩，然後說老大先被外婆接走了。」小李此時此刻突然故作神秘起來，「可是呢，附近不少人都聽見在他們搬走的前幾天深夜，傳來……」

眾人屏氣凝神，瞧小李那副神秘的模樣，連氣都不敢吭；只見他一一掃視了每個人恐懼的眼睛，然後一字一字的吐出駭人話語：

「那．孩．子．有．史．以．來．最．淒．厲．的．慘．叫．聲！」語畢，小李還故意用力哇的一聲，嚇得整間辦公室的人尖叫！

『嗚嗚嗚嗚嗚——』

而在這個瞬間，Penny 聽見了！她聽見水管突地發出悲泣，但這次的聲調變得很悲傷，而且竟來自她的腳下——地板！

Teresa 驚魂甫定地拍拍胸口，用力搥了小李好幾下，然後卻很快地挺直了腰桿子，露出一臉得意的樣貌，嘴角還帶著笑。

「看吧！我就說是小孩子的怨靈，那孩子說不定被虐殺致死，就埋在這棟大樓的地基裡！」Teresa 轉著眼珠子，「我看還是請人來做做法事吧！」

「好殘忍……這麼多人聽見，也沒有人報警、救救那個小孩子！」婷婷為那孩子難過，實在無法想像這樣冷漠的社會。

「現在這個社會也一樣吧？」小李潑了婷婷冷水，「誰知道妳報了警，搞不好人家說是誤會一場，接著妳隔天出門就被打……」

「可是不能因為這樣，就漠視所有的犯罪行為啊！」婷婷氣急敗壞地嚷了起來，她腦子裡想到的是仁仁可能的受虐，「許多人就是被大家的冷漠殺死的！」

「話不能這樣講吧？動手的又不是我們！他愛打小孩干我們什麼事？現在是多一事不如少一事，嫌生活不夠刺激啊！」小李還說得頭頭是道，眼角瞄到Penny，沒忘記中午被削一頓的恥辱，「而且我說過了，有的小孩不教訓不行！」

Penny眼皮一跳，再度因為聽到不舒服的話語而瞪向小李，小李倒也無所謂的朝著她挑釁；她知道小李是故意的，但是口無遮攔已經很不像話了，還對死者不敬。

如果剛剛上頭那個聲音，正是死者的話。

「你問出來那個孩子，是男的還是女的？」Penny不想跟小李計較，只想知道關鍵。

大家交換了眼色，有的看向小李、有的則看向Teresa，畢竟一個是打探過的，一個是親眼瞧見過的。

「不會是女孩子吧？有夠殘忍的！」有人這麼說著，手肘頂了頂Teresa，「Teresa，站在電梯裡的是男是女，幾歲啊？」

「嗯……怎麼會是——」Teresa才要開口，小李便搶了白。

「女孩，是個八歲大的女孩子呢！」小李訕訕地笑了起來，「老二是男孩、又是親生的，就是女的才會那麼不得人疼！更別說是拖油瓶了！」

女的！Penny瞪大了眼睛，幾度呼吸不上來。

剛剛在十七樓時，她聽見的聲音，就是稚嫩的女孩童音！

「好糟的觀念喔！又是重男輕女……可是也沒必要這樣虐待小孩吧？」

「拜託，不說別的，誰願意養別人家的種啊！」

「那到底是怎樣？那個女孩後來怎麼了？」

「就沒人知道啊，那戶人家搬走後，就沒下文了；沒幾年公寓拆掉，就蓋了我們這棟新大樓。」小李拍了拍 Teresa，「妳甭想什麼法事，剛剛房東一聽到，把我罵了個狗血淋頭、說我造謠生事啦、問候了我家祖宗十八代，還拿著掃把要打我咧！」

Teresa 覺得這樣下去不是辦法，奇怪的現象、顏色詭異的水、如果再把 Penny 有意見的水管聲算進去的話，房東不處理怎麼行？可是又苦無證據證明那個小女孩是不是已經慘遭毒手，眾人你一言我一語，吵得不可開交。

只有 Penny 知道，這些奇怪的現象其來有自，來自於一個生靈的哭泣，還有某個令人不安的因素……牆壁？還是水管裡的什麼？那個女孩子的聲音，不容她忽視。

「你怎麼那麼奇怪！小孩子跟你有仇啊？你有必要那麼討厭他們嗎？」婷婷突然大聲咆哮起來。

「我就是討厭小孩子！心機重、裝可愛，以為是小孩子就可以為所欲為啊！」小李不甘示弱地回應，「妳怎麼知道會不會那個孩子又皮又賤，惹得父母非打不可！」

「哪個孩子喜歡被打啊！小孩子就是不懂事才要大人教啊！動不動操鞭子打，哪叫什麼教育！」

「搞不好那個女孩就喜歡被打啊！」小李不知道怎麼了，話愈說愈誇張，竟然開始歪曲事實，就為了要激怒婷婷！

Penny 啪地站起來，正準備厲聲叫小李住口時，最前頭的白板突然匡啷一聲，冷不防掉了下來！

「哇呀——」背對著白板的同事及 Teresa 被嚇得花容失色、魂都去了一半！

所有人愣愣地回首，看著突然掉下來的白板，它在地上彈跳了幾下後，整面砰的貼上地板。

老闆趕緊上前察看，明明緊釘在牆上的白鐵鉤子，怎麼會莫名其妙斷裂了呢？

忽地一股冷風自門縫下鑽入，襲上 Penny 的背脊。

她緩緩回首，看向外頭亮得通明的玻璃門，雞皮疙瘩一點一點的竄了起來，寒意自背脊凍徹全身。

「幹！真一堆怪事！」小李叨唸著，掠過 Penny 身邊，「我要去上廁所！」

「小李！這層樓廁所不通，要到九樓或十一樓去喔！」另一個男同事提醒著。

Penny 突然騰出一隻手，抓住了小李的手肘：「九樓……不通？」

「是啊，中午過後就塞住了！而且連水都沒有！」

可是九樓……Penny 低首看向地板，就是剛剛水管發出聲音的地方啊！Penny 才遲疑著，小李就已經甩開她的手了，「妳幹嘛？想跟我去啊！」

嘴賤！Penny 不悅地別過頭去，這種人她連警告都懶！

大家也摸不清楚所以然，只發現聊天花太久時間了，不管情況怎樣，還是得繼續平常的生活：認真工作吧！

除了 Teresa 一直抱怨必須找人來做法事外，大家也漸漸進入工作的狀況。

而前往九樓洗手間的小李，在下樓梯時就感覺到那麼一絲絲不對勁！樓梯間的安全出口燈今天看起來特別的昏黃。綠色的地方也特別的綠，而且他在推開安全門時，就聽見有快步奔下樓的足音。

探頭一瞧，從上到下，沒見著一個人影。

他告訴自己別想太多，藉由罵婷婷跟 Penny 來分心，一路到拉開九樓安全門時，那兒靜得掉下一根針都能聽見，因為上個月九樓的企業因為租約到期全數搬走，現在這一層空空蕩蕩的。

除了灰塵與許多雜物擱置地板外，就是自天花板垂下的裸露電線，以及沒點全的燈！小李抱怨著房東省這幾毛錢，就算沒人租也被必要把燈開得那麼少吧？大白天看起來還幽幽暗暗，怪嚇人的。

然後他走進洗手間那一瞬間，彷彿有道黑影掠過，在牆上留下個餘影。

小李笑自己眼花，因為那影子在牆上的角度太高，難道有貓在男廁出入啊？真是笑死人了！從門一進去就是洗手台與鏡子、然後是一排小便斗，再裡面有三間廁所。

小李站在小便斗前，盡情地解放著，一邊吹著口哨，想用輕快的音樂揮去不快的感覺。

然後，「噠噠」兩聲細微的聲音，吸引了他的注意。

那像有人在裡面的廁所如廁完畢，雙腳站到地面，踩在積水上的聲音。

有人嗎？小李這麼想著，還是聳了聳肩，這是公共廁所，十樓又塞住了，恐怕也是十樓的人下來如廁吧！

小李隨便扭了水龍頭洗了手，還不忘整理一下頭髮，然後滿意地離開。

砰！！

就在他回身，跨出步伐的那一剎那，斜前方的大門竟這麼俐落地被甩了上！小李整個人向後大跳，撞上了洗手台，廁所裡的迴音嗡嗡瀰漫，頻率高得宛似他快要跳出的心臟！

幹！又沒有風！門怎麼會無緣無故關上！小李開始覺得毛骨悚然，他知道這間廁所氣氛不對了、他知道哪裡有問題了！

Teresa所說的小孩亡靈、剛剛問出的一切、說不定含怨而死的孩子，這時候每一句話、每一個細節，都湧上了他的腦海裡。

最清晰的，是Penny那嚴肅的神情，與那句：「對死者要心懷敬意。」

接著咿歪一聲，右手邊最裡間的廁所門，打開了。

廁所裡僅有的兩盞燈，開始跟著閃閃爍爍、忽明……忽暗……節奏一如那踏在地上水漬裡的足音，啪噠、啪噠……啪噠！

『嗚嗚……嗚嗚嗚……』整間廁所，傳來類似水管迴音的悲鳴聲。

「唔……」小李僵直了身子，完全不敢上前一步去看看小廊裡走出了什麼，只顧著向角落後退，直至貼上了牆，才知道自己已全無退路，「我、我不是故意的，對不起……」

『我一點都不喜歡被打！』那聲音愈來愈近、愈來愈近……眼看著似乎就快要來到小便斗前的空曠空間了！『很痛、很痛吶！』

小李瞠大了眼皮，那聲音彷彿從地獄傳來般的驚悚，不像這個世界的聲音！而且、而且——

啪嚓啪嚓……燈光明滅得更加可怕，小李幾乎都快看不清廁所裡的景象。

「對、對不起起……對不起！」

剎那間，燈光突然恢復正常，廁所呈現一片寧靜，剛剛的一切都像幻覺似的，沒有聲音、也沒有詭異的氣氛。

小李依然處於驚慌的狀態，他黏著牆壁，不敢移動雙腳，深怕一走向門邊，就會看見什麼不該看的東西。

『我很痛……很痛吶！』那股聲音，冷不防地自小李耳邊響起！

他佈滿血絲的雙眼緩緩地朝左看去，泛黃的白色磁磚鑽出半顆人頭，彷彿跟白牆合而為一似的，人頭離他的臉只有五公分的距離……那是個滿臉是血的女孩子，慢慢地探出頭來，在他耳邊說著話。

『嗚嗚……嗚嗚嗚……你沒聽到我在哭嗎？』

女孩咧開大嘴，露出裡頭尖銳的利齒，然後一口咬下了小李的耳朵。

「哇啊——哇啊啊——哇啊啊——」

『我會痛啊……非常非常痛啊！』

第三章・陰陽眼

一直到那天下班之後，都沒有人瞧見小李的蹤影，大牛跟幾個男同事曾下樓去找他，卻發現九樓男廁空空如也，不知道他跑去哪兒了；同事們都認為他大概是負氣走了，老闆也不大高興地記他一個曠職。

只是沒人料到，小李會一曠職就曠了一個月，已經列為失蹤人口，任人遍尋不著。

而後來 Teresa 領著幾個志同道合的人去找房東理論，聽說在大樓大廳上演咆哮記，老房東年紀雖大，嗓門可一點都不小，就算皮包骨加上駝背的姿態，還是很難讓人忽略他曾有的身高。

一個駝背的老人跟 Teresa 差不多高度，兩個人理論起來是剛剛好，誰也不讓誰，一個堅持必須請人來超渡，有冤無冤的一起辦；另一個罵得口沫橫飛，粗嘎的說這棟大樓乾乾淨淨，沒事辦什麼法會，認為 Teresa 是去找碴的。

Penny 從沒打算加入那場混戰，她每天只趕著在日落前離開公司，因為小李失蹤那一天起，這棟大樓的氣場變了！

以往站在對面馬路上看著這棟淺白色的大樓，她會看見溫暖的氣冉冉升起，大樓附近均散發著光芒，一踏進庭園就會有股心曠神怡的感覺！她知道亭園的擺設有經過風水師的建議，那風水師要得，用植物與造景將這棟大樓的好氣場給引發出來。

尤其是靠近馬路這兩盞古典路燈，小嬰孩的生靈力量從沒有折損過對望著的它們，每每通過佇立在細白石上的兩盞路燈中間，都會令她全身舒暢；所以不管在路上她被多少東西跟上、纏上，一踏進這裡，都會被彈得十萬八千里遠！

可是當初小李去九樓的幾分鐘後，應該透亮的玻璃在瞬間黯淡了，她心底開始不安，連正常的日光燈也變得微微晦暗；她不知道其他人或是 Teresa 有沒有發現這一點，但這就是氣場改變的徵兆。

從那天之後，她看著這棟大樓，已經不見往日光采，取而代之的是一種若有似無的陰暗，已經有東西在這裡生成……

「辭職吧！」身邊的男人由衷建議，「這裡待不得了。」

「你確定有什麼嗎？」今天親密愛人陪她來上班，就是要親眼見識一下這裡的變化。

「小姐，等看出什麼就來不及了！」男友沒好氣地敲了她一下，「看顏色也知道絕對有死靈，只是很奇怪的……是個蠢動但又似乎安詳的死靈。」

「我還看不出什麼，但是怪怪的……很不舒服。」

「你說的話有矛盾！」Penny 噘起了嘴，她本來就沒男友厲害嘛！

「白話一點講，這棟大樓有死人，而且沒超渡，那個死靈正在掙扎著想逃出或什麼……瞧，他的怨氣已經纏繞外圍了，只是他動彈不得。」男人摟著 Penny，站在對街的斑馬線那兒指著。

「動彈不得？為什麼？」

「我不知道，也不想知道……拜託妳也不要去尋找答案。」男友嘆了口氣，「好的多學一點，壞的不要仿效！」

「呵呵……我又不是小美，才沒那麼白目。」Penny 失笑出聲，男友怕她跟一個熟人一樣愛找麻煩。「我保證等最近這個案子趕完，就提辭呈！」

「先提辭呈，再趕案子。」駁回重議。

「遵命！」她甜甜笑著，然後回首看向大樓，「真希望不是孩子的冤魂……」

男人只是苦笑著，Penny 的善良他知道，但是這世界有很多事情，不是一顆善心就全管得了的。

身後傳來窸窸窣窣的聲音，Penny 好奇地回頭，見到 Teresa 跟婷婷掛著不懷好意的笑臉，直衝著他們奸笑！害得她羞紅了臉，趕緊跟她們隨口介紹一下男友，然後打發愛人滾蛋。

「哇，好帥耶！」婷婷不時目送已遠走的帥哥，「Penny，怎麼從來不知道妳男友這麼帥啊！」

「什麼時候交往的？他有沒有兄弟？」Teresa 做事向來快狠準，準備立定目標了。

Penny 覺得好笑，每個人看到男友，怎麼都一樣的反應。「有個弟弟，不過也已經有女朋友了！」

「你們交往多久了啊？」婷婷好生羨慕地問著。

「好幾年囉……」掐指算算，連 Penny 都驚覺時光的流逝，「竟然六年有了！」

「哇哇！愛情長跑耶！快說說怎麼來電的！」婷婷像個孩子似的，興奮莫名。

呃……問到這個，Penny 每每都不知道怎麼回答，她跟男友以前是同校的學生，嚴格說起來是在學校認識的，但是交往的關鍵卻在於一次特別的經驗……

「酆都，我們在酆都來電的。」她扔下一抹笑，加快腳步往前走去。

「嗄？！」Teresa 跟婷婷錯愕地站在原地，剛剛 Penny 說的是中文來著嗎？倒是 Teresa 有些訝異，如果她沒記錯的話，所謂酆都應該是……鬼域？

兩個女生快步跟上，她們其實是習慣早到的人，才能夠在辦公室安穩地吃頓早餐，因此現在大廳裡只有少數的人，而前方有個身影，是 Penny 一直掛心的王太太。

嬰兒車並沒有出現，孩子一個人被放在樓上？

「王太太早！」婷婷一見到王太太就熱情地上前打招呼，「今天沒帶小孩出來喔？」

「嗯……他不舒服。」王太太含糊地說著。

「怎麼不舒服法？還在過敏嗎？」Penny 也跟了上前，真不敢相信王太太謊話說得如此自然。

「哎……嗯！」王太太低垂著頭，隨口應著。

電梯來了，大家魚貫而入，另一台出問題的電梯已經修好了，所以這台剛好就只有她們四個女人。

「王太太，我就開門見山說了，孩子好歹是懷胎十月生的，為什麼要這樣打他？」

Penny不想拐彎抹角，因為她已確定王太太對孩子施虐，「妳不知道小孩會痛嗎？」

「Penny！」婷婷驚呼出聲，連Teresa也訝異於她的直接。

反倒是王太太，她有些驚慌地看著Penny，不停地搖著頭，下意識往後退。「沒有……我沒有！」

「嬰孩的臉都被妳打腫了，還說沒有？妳幫他戴口罩是為了掩飾，不是為了怕他著涼！」Penny上前抓住了她的手，「妳不知道孩子的哭嚎力量有多大嗎？」

「王太太，妳真的打那麼小的孩子？」婷婷跟著加入戰局，「妳怎麼會做出這種事？他才六個月大耶！」

王太太頭垂得更低了，她微微顫著抖，Penny覺得奇怪，她好像在害怕什麼，尤其對她們的逼近，感到非常恐懼的樣子。

Penny靈光乍現，想到了可能的關鍵。

「王先生知道這件事嗎？」

電光石火間，王太太倉皇地抬起頭來，那渙散的雙眼盈滿恐懼，拚命地搖著頭，反抓住Penny的手。

「不知道……不知道，妳不要跟他亂說！不要——」

叮，十樓到了，電梯裡的女人都知道，這位王太太恐怕是家暴陰影下的受害者！

Teresa無奈地步出電梯，婷婷則帶著憤恨的眼神瞪著王太太，最後走出來的是Penny，她難過地嘆了口氣。

「妳把氣全出在無辜的孩子身上嗎？」回首，她凝視著縮在角落裡，那瘦小的王太太。電梯門緩緩地開始關上，王太太終於抬起頭，那趨近灰白色的瞳仁裡平靜得無以復加：「他是我的分身，應該代替我承受一部分的痛。」

「妳胡說什麼！」婷婷氣得衝上前，卻只能搥向已闔上的電梯門。

Penny 站在原地無法動彈，她只覺得一陣冰冷與哀傷，王太太的心理已經趨向變態，她認為孩子是她生的，不該只有她一人承受被丈夫虐打的痛楚嗎？

這是什麼想法？可是她覺得她無法去責怪王太太！這些事情不是單由一點所發生的，源頭是從施虐的王先生開始、然後他對妻子施暴、妻子再對孩子……這種循環，不會有止息的一天啊！

她更害怕的是，這串串相連的事件，會引發出什麼？或是即將回溯什麼？

「唉，家家有本難唸的經。」Teresa 聳了個肩，往前走了進去。

「太過分了……張先生說得沒錯，王太太真的有在虐待小孩！」婷婷又開始為小孩抱屈，「那些孩子有什麼錯？為什麼才降臨這個世界就遭受到這種待遇？」

Penny 不方便跟婷婷解釋太深，因為事實上有些人在前輩子做了些壞事，這輩子就是來還債的。

身為人，其實是很大的懲罰，因為人有思想、有情感，有愛有恨，有時候感情上的折磨就足以讓人生不如死；更別說正常的人類，可以活得比其他動物來得久。

Penny 只好安慰婷婷，她們進公司時，小李的辦公桌依然空蕩，雖然已經報了案，可是 Penny 知道警方再怎麼搜索都沒有用。

因為直覺告訴她，小李還在這棟樓裡。

『嗚嗚嗚嗚……嗚……』水管的聲音，愈來愈大了。

水幾乎已經不能用，整棟大樓的水彷彿那颱風一過的混濁水質，不是初初的青綠色，而是失去了透明，像沖刷過大批綠色及褐色的泥土，再灌進水管裡一樣。

水電工來過，他們實在找不到哪裡有問題，水塔的水是乾淨無比，附近其他大樓的水質也很正常；如果非要找出問題的源頭，一整棟大樓這麼多管線，要從哪裡開始挖？開始鑿？又有哪戶願意讓自己的牆先開洞？

所以事情不了了之，各家各戶開始訂購大批蒸餾水，他們公司也是，全拿蒸餾水來洗東西，雖然奢侈、但總比用那種噁心的水好。

而在 Penny 眼裡，那些水顏色變得深，就是因為夾雜了更多的紅色。

而且難道大家沒有發現，水管的嗚咽聲，有時候會變得非常低沉，像男生的聲音。

Penny 決定聽從男友的話，先遞辭呈再說！她不是狠心不管這邊的同事朋友，而是世界上有許多事她是無能為力的，尤其是對於另一個世界的未知事情。

但是只要她做得到，她很想幫助還活著的孩子！

她辭意堅決，老闆也無可奈何，只是先壓住不跟同事們說，她也允諾會把手上的案子結束才離職；離職理由當然不可說，一個 Teresa 已經夠亂了，她可不想弄得大家兵荒馬亂。

她專心地做著手邊的工作，抱持著一貫不理睬外界的態度，她知道小李的失蹤讓大家人心惶惶，最近大樓裡的異象愈來愈多，偶爾還有物品掉落，接著九樓好像也陸續有一些怪異事件傳出，現在這棟辦公大樓儼然變成鬧鬼大樓了。

快十二點時外頭又一陣嘈雜，老房東直接衝上來找老闆，Teresa 比誰都快的衝出去，又是一場大混仗！雖然老闆出面緩頰，老房東卻堅持要他們公司搬離這棟樓，下個月生效，什麼違約金全免！

哎呀，Penny 托著腮看著外頭，搬離比較好吧？連她男友都看不出什麼時候會出事，還是早走早好！

『Penny……』

低沉的男人聲音，突然從電腦裡傳了出來。

Penny 怔了怔，放下托腮的手，狐疑地轉頭看向自己的電腦。

電腦裡是她剛做的繪圖，其他什麼都沒有，不過她定神一瞧，發現最下面的 MSN 視窗閃了橘光。

有人 call 她？可是又不是視訊，怎麼會有聲音？為了以防萬一，她戴起耳機，迅速的切換了視窗！

隔壁的 Teresa 剛好到前面去，幸運地沒有看到視窗裡的異樣！

在完全沒有接受視訊通知的前提下，Penny 的電腦竟連接上別人的 MSN 視訊！螢幕裡呈現一片深黃綠色的陰暗，鏡頭是定格的狀態，Penny 不知道那是哪一層樓，但可以確定的是，那是間男生廁所！

因為鏡頭的角度右方是鏡子、再往前點是小便斗，左方一大半應是廁所的圍牆，一塊木色的空白擋在那兒。

Penny 屏氣凝神，看都看了，不管是什麼東西，還是找上她了！

『Penny……』低沉的聲音，緩緩地揚起。

「小李？」她壓低聲音，試探性地問著。

『嗚嗚……痛！會痛啊！』鏡頭前倏地伸出一隻沾滿血的右手，那是男人的粗掌。

『我錯了，真的會痛。』

「你在哪裡？九樓嗎？」她凝視著螢幕，以及裡頭的鏡子，「給我訊息，小李！」

『痛死了啊！』螢幕裡右手掌張了開，裡面是一顆圓滾滾的眼珠子，『妳為什麼不阻止我——為什麼——』

聲音傳來淒厲拔尖，Penny 飛快地扯掉耳機，避免耳膜被鬼叫聲撕裂！接下來她更快地以食指與中指沾取水杯中的水，在螢幕上畫了個符號，那視訊登時消失！

「為什麼？你還敢問？我警告你幾百遍了！」Penny 瞪著已恢復原狀的電腦，「自己造的孽，我能幫的已經幫夠了！」

Penny 心底不大高興，她已經盡了最大力量去阻止小李可能造成的孽障，他欲下九樓時，是他親自甩開她的手的！對於一再刺激亡靈的人，她一向有著很大的包容，是小李自己拒絕她的。

小李不太是問題，重點是：他是怎麼死的？為什麼會困在九樓？大牛他們不是都去看過了嗎？完全沒有他的人影啊！Penny 愈想愈不舒服，這棟大樓存在著很可怕的東西，但是卻毫無徵兆！

不是死靈、不是怨魂，可是那個女孩子卻下手殺了小李？

Penny 現在只能防止意外再發生，要是再見血，只怕力量微弱的童鬼，會因此吸收更多負面的力量！到時候不是問題的東西，都會成了可怕的問題。

「那個……跟大家說件事。」Penny 站了起身，「請大家避免單獨去上廁所，而九樓廁所就都別去了。」

Teresa 皺了眉，「為什麼？」

「九樓的廁所不宜去了，我想大家就當運動，多爬一層到十一樓去吧！」Penny 不打算說得太明白，「畢竟小李可以算是去九樓後失蹤的，我覺得大家應該避免。」

「妳怎麼突然說這個？妳有看到什麼嗎？」Teresa 擺了臉色，好像不大高興自己的教主之銜被搶走似的，「我去過九樓，什麼都沒有看見，妳憑什麼這麼斷言？何況小李說不定是離開公司後出事的，怎麼能跟廁所連上關係？」

「你們知道這種事不能隨便亂說的，我也不會空口說白話，只希望大家聽進去，以防萬一。」堅強的溫柔，Penny 掛著這樣的笑容。

「證據是什麼？」Teresa 進一步逼問。

證據是……剛剛小李在視訊裡找她麻煩嗎？她可以這麼說嗎？Penny 蹙了眉，Teresa 現在只是因為不滿她搶了她的風采光芒，因為 Teresa 擁有陰陽眼，這種事應該由她來說才對。

「我不是想強出風頭，當我沒說好了。」Penny 不想爭，她很久很久以前就不想去爭無謂的東西。

「妳這話很奇怪？妳是在說我強出風頭嗎？」Teresa 直接殺到她的面前，「Penny，我才是看得見的人，我看過都沒問題，妳憑什麼說空穴來風的話？」

Penny 緩緩環視辦公室的同仁們，他們的眼神藏著懷疑與緊張，好奇地觀望著她、也期待般地看著 Teresa。

「造成水質與水管哭泣的來源是什麼？小李到哪裡去了？那個孩子要求是什麼？」Penny 柔聲地對著 Teresa 說道，似乎只讓她聽清楚，「Teresa，人生在世小謊是可以撒的，但是有些東西不該講，就不能亂講。」

Teresa 瞪大了眼，她應該要生氣地揮 Penny 一巴掌的，但是她被她那堅定的眼神所震懾住了！她的眼神既堅決又溫柔，但是裡頭卻又蘊含著鄭重的警告，讓她覺得無法反駁！

她咬了唇甩頭就出去，Penny 跟大家笑著頷了首，靜靜地坐了下來，不想對耳邊的竊竊私語做任何回應。

「Penny，妳還好吧？」婷婷偷偷地跑過來，蹲在她身邊。

「嗯？我很好啊！妳該去問問 Teresa 才是。」她真的不介意，這種驕傲且意氣風發的女人，她見多了。

「妳講的話讓我有點在意耶……妳是不是也看得到什麼？」婷婷擔心地眨了眨眼。

Penny回以微笑，「我看不看得見不是重點囉！把我的話聽進去才是重點。」她拍了拍婷婷的頭，示意她去舒緩一下Teresa的怒氣。

後來Teresa是進來了，但是對Penny完全不理不睬，兩個人的冷戰形成，同事們沒敢吭聲，大家也不想選邊站；一直到晚上，大部分的人都留下來加班，因為隔天就得把樣式跟細節搞定，送廠製作。

Penny萬分不願意在日落後留下來，男友也打了幾百通電話來叫她走，可是她是重要的設計師，哪能說走就走？

她好不容易抽出時間到茶水間去鬆口氣，喝杯香濃的咖啡，開一小扇窗戶吸一下晚間的空氣……茶水間的位置下方剛好就是庭園，有些氣場還是流動著新鮮……

可是正上方十七樓卻是嬰兒的房間，他說不定再度被手帕摀住嘴巴，正遭受一掌接一掌的施虐。

剎那間，茶水間所有的杯子突然動了起來，這次的震盪不是輕微的，而是像平常的四、五級地震一般強大！Penny及時蹲下身子，扳住流理台，上方櫃子的門開始開闔，馬克杯跟咖啡粉在她身邊掉了一地！

『嗚嗚……嗚嗚嗚嗚嗚嗚嗚嗚嗚嗚……』牆裡發出了巨大的哭泣聲！

外頭尖叫聲此起彼落，Penny緊張地蹙起眉頭，這個地震大得詭異，而且所謂的「水管聲音」現在是持續不斷地響著、聲音還愈來愈大！

『嗚嗚嗚……嘻嘻嘻……嘻嘻嘻嘻……』

Penny 瞪大了眼，她親耳聽見水管的悲鳴聲變了！有沒有哪個人來告訴她，水管的聲音怎麼會出現這種笑聲？

就在她驚慌的當下，窗外透進來的空氣變了味道！Penny 驚恐地抬首往窗外望去，右手不自覺地開始顫抖……下一秒，茶水間的燈光開始忽明忽滅，閃爍起來！

「出去！」Penny 不顧一切地往外衝，「大家全部拿著包包，回家去！」

同事聽見她的話丈二金剛摸不著頭腦，但是有膽子小的，早就在剛剛拎了包包衝出門了。

為什麼有鬼魅出現時燈光會不穩定？絕對不是因為鬼魂們怕燈光，那是因為靈魂本是一種電波，他們出現時會影響到電路、更別說是一直持續發亮的燈管了！

更何況，氣場變了！她準確地嗅到死靈的味道、腐爛的屍臭味！

『嘻嘻嘻嘻……哈哈哈……』聲音突然在整間辦公室所有的牆面流竄著，已經聽不見所謂的悲鳴哭泣！

有什麼東西出來了！有什麼東西來了——

外頭一陣兵荒馬亂，能跑的都跑了，Penny 甚至還衝出去按下火警鈕，逼得全棟住戶以為是火警而往外奔走。然後她衝回辦公室，準備逃之夭夭。

結果，進去時，發現公司還有人影在。

「你們……在幹什麼？為什麼還不走！」情況緊急，她簡直氣急敗壞。

「我的電腦還沒備份啊！」Teresa 急著找隨身碟。

「我找不到我的鑰匙！」燈光明滅中，婷婷彎著身子在找鑰匙。

「我今天買的那袋飼料怎麼不見了！」大牛趴在地上尋找。

其他還有幾個人也慌慌張張的，Penny 見了簡直快暈倒，都什麼時候了，這些看不見的人真是遲鈍！

「別找了！都快走！這裡待不得了！」Penny 催促著大家，她的毛細孔一個一個緊縮，這棟大樓的空調變冷了，那是來自陰界的冰冷。

怎麼會這樣？她感覺到強大的惡靈，之前不存在的東西，為什麼會突然出現？是什麼召喚了他？還是什麼創造了他？

「為什麼！只不過是……」Teresa 餘音未落，啪地燈光全暗！

整棟大樓正式進入黑暗期，一盞燈都不剩的漆黑，這讓 Penny 的心跳加速，連燈都全暗了，說不定這棟大樓已經出不去了……她簡直不敢想像接下來還會發生什麼事！

「快走！等一下就會出事了！」不管三七二十一，Penny 拉了 Teresa 就走。

其他人跟著拎了東西往前跟進，整間辦公室只能透過外頭遠處微弱的燈光，才勉強看得到裡面的桌子與路，但是碰撞聲依然不絕於耳，像大牛就一直撞到別人的桌角。

Penny 拉開門用聲音告訴大家方向，就在好不容易抵達門口時，應該已斷電的電腦螢幕，竟然一台接著一台亮了起來！

「不、不是停電嗎？」婷婷愕然地問了大家心中的疑問。

整間辦公室的電腦螢幕全亮了起來，Penny 緊扣著 Teresa 的手，因為電腦螢幕顯現出的不是各自的桌面圖案，而是她下午所見、那熟悉的昏黃男廁！

「廁所？」大牛眼尖，一下就瞧出來了，「為什麼大家的電腦都會是這個桌面？」

「那不是桌面……那好像是視訊吧？」婷婷抖著音，往後縮了縮身子。

Teresa 狐疑地瞪著螢幕，她好像意圖往前處理她未竟的存檔工作，要不是 Penny 死命拉住她，她恐怕執意坐回桌邊。

「為什麼會有視訊？沒有人開啟視訊啊！」婷婷驚恐出聲，這狀況太詭異了！

所有人彷彿被釘在地上一樣，大家應該要往外衝的，雖然地震已經停了，Penny 也嚴正認為此地不宜久留……但是大家卻停在原地，雙眼發直的看著半躍動的電腦螢幕。

『啊啊啊啊——』下一秒，螢幕裡突然冒出一個人，大大的臉逼近了鏡頭。

「哇呀呀呀——」這邊的呼應非常完美，所有人都發出尖叫。

黃綠色的對向出現一張血肉模糊的臉龐，那個人沒有耳朵、沒有鼻子，甚至也沒有眼睛！該是耳朵的地方有著拉扯的傷痕，兩個小洞的鼻子已經被削平，但是傷口非常的不平整，至於該是眼睛的地方，現在只有兩個大窟窿呈現在大家眼前。

那張臉毀成這樣，誰都辨識不出，除了鮮血淋漓外，根本沒一處可以清楚辨別！那個人咧開了嘴，牙齒明顯地被打斷很多顆，長長的舌頭掛了出來，開始鬼吼鬼叫地嘶嚎。

『好痛喔……好痛喔……大人都好討厭喔！』出口的，竟然是嫩嫩的童音。

女孩子的聲音。

然後兩條蛆狀的蟲從眼睛的窟窿蠕動出來，對著鏡頭緩緩逼近。

「出去！」Penny 把 Teresa 扔了出去，跟著推動婷婷，把所有人都趕出辦公室外。

大家恐慌地踉蹌而出，由於外頭也毫無燈光，又得拐兩個彎才能到電梯前，一夥人橫衝直撞、連滾帶爬地才能跑到電梯前的大空地。

「那是什麼！那是什麼東西……嗚嗚！」婷婷哭了起來，她被嚇傻了，「那不是人吧？天哪，嗚嗚嗚！」

「我覺得……好像是小李！」大牛趴在地上，全身也發著抖，「那件衣服很像他失蹤那天穿的上衣……」

「小、小李？小李真的已經出事了？剛剛那個是鬼嗎？啊啊！」

「怎麼回事？怎麼回事！Teresa！剛剛那是小李嗎？」有人抓著 Teresa 拚命搖晃，「小李早就死了？妳不是說沒問題嗎？」

Teresa 整個人也處於僵直狀態，雙唇泛白，全身不住地顫抖，她瞪大雙眼不停喘著氣，剛剛那個慘樣……真的是小李嗎？

Penny 是當中最鎮靜的，她眼尾瞥到動靜，緩緩地往右手邊的電梯處看過去，然後把最靠近電梯的婷婷拉住，要她挨她近一點。

「什麼？什麼啦！」婷婷嚇得撲進 Penny 懷裡，「那邊有什麼嗎？Teresa！Teresa！妳快點救我們！」

「Teresa！快點帶我們出去！求求妳！」

「趕她走！把他們趕走！」啜泣聲根本不絕於耳。

Penny 早已站直身子，那雙眼沒有移動過，直直盯著電梯的方向，因為她終於看到了……看到了一個穿著粉紅色衣服的小女孩，站在電梯門口。

她身上的粉色衣服髒亂不堪，渾身是血，而且每一處衣服上全部有斜長型的裂口，衣服破裂之處還可以看到裡面已化膿轉青的傷口。

「我……我看不見……嗚嗚嗚，我根本什麼都看不見！」Teresa 忽地尖叫起來，「我才不是什麼陰陽眼！我什麼都不會！」

黑暗的空間中，傳來絕望與震驚的喘息聲，所有人驚異地倒抽一口氣，一直以來的陰陽教主、對靈異現象解釋得頭頭是道的 Teresa，竟然是個什麼都看不見、感應不到的普通人！

「我只是覺得這樣很炫！我想變成特別的人……嗚嗚，我喜歡與眾不同啊！」Teresa 一股腦兒地全傾倒而出，哭得泣不成聲。

「這樣一點都不炫，其實還很可怕、很麻煩。」Penny 嘆了口氣，拍了拍 Teresa 的肩，「起來吧，現在不是哭泣的時候，我們應該趕緊離開這裡。」

「怎麼離開……如果有鬼怎麼辦？我好怕我好害怕！」Teresa 站都站不起來，跟著一票人哭成一團。

「沒關係，我看得見。」Penny 異常冷靜的聲音傳進每個人耳裡，「大家聽我的話、只要跟著我走就沒事。」

Teresa 抬首怔然，所有人在接受剛剛的絕望後，又彷彿得到了一盞明燈。

「電梯前面，就站著那個小女孩的靈魂。」Penny視線回到電梯前，「妳有什麼要求？」

小女孩眼珠向上吊，冷冷地開始低笑。

『你們大人……最可惡了！我會痛你們知不知道！我好痛啊！』她流出血淚，一滴一滴的滑下臉頰。

然後她的頭跟灌氣球一樣整個脹大，愈脹愈大，臉色從膚色轉回慘青，然後化作一陣似煙霧般的形體，直直朝著他們衝過來！

煙霧穿過了大家的身體，小女孩就這麼消失無蹤，唯有Penny與她抱著的婷婷沒有被穿透，因為Penny身上有著某種保護。

『嘻嘻……嘻嘻嘻嘻……大人最可惡了！你們都該死！你們每一個都應該死！』

女孩的尖笑從四面八方傳來，像透過中央系統廣播般的散佈在每個角落。

而這時候，Penny發現水管已經不再有聲音了。因為這個童鬼已經完完全全的現身了！

所有人因恐懼而相擁，淚水與緊張瀰漫著，Penny催促著每一個人站起，他們有更重要的事情要做。

「我們要怎麼辦？要去哪？」

「回家。」Penny平靜地回著，「我們要走樓梯下樓，平安地回家。」

「樓梯……不會很可怕嗎？」婷婷說著，看著黑暗中那扇安全門。

「待在這裡會更可怕。」Penny深吸了一口氣，再徐徐吐出，看似毫無畏懼地走向太平梯的門，一掌擱在上頭。「我們走吧！」

門在無預警之下被 Penny 使勁推了開，一陣風灌了進來，那是非常不自然的冷風，逼得人直打寒顫。

樓梯間傳來陣陣輕巧快速的足音，像極了小孩子的嬉戲聲。

Penny 站在門口朝上望去、再朝下觀望，最後是直接往九樓走去。

「Penny！九樓……九樓不是有小李嗎？」Teresa 哀聲嚷著。

「就是因為有小李，我們得先去救他。」

第四章・童鬼

「Penny，我走前面。」

才走了幾階，大牛便喚住了Penny。他覺得身為強壯的男人，遇到這種危險，不該讓瘦小的女人走在最前面！更別說這裡簡直伸手不見五指，漆黑得不見一絲燈光。

Penny笑了笑，「大牛，這種事不分男女，該區分的是能不能解決事情的人。」

「可是這樣很危險！」大牛說什麼都不願意讓Penny涉險，比後頭另外兩個男同事有用多了。「暗成這樣，妳要怎麼走？」

「誰說看不見？！」Penny視線移到大牛腳邊，「帶路吧！」

一陣黃色的光芒自大牛腳邊躍出，輕盈的白半空中落到了階梯中央，那光芒雖然不強，但是卻足以照耀出附近的樓梯；大家緊張兮兮地看著那道金光，然後在金光中，瞧見了某個身影。

「小多？！」大牛失聲喊出，而金光裡的拉布拉多，回首對著他搖尾巴。

「嗨，小多！」Penny蹲下身子，掌心向上，「就麻煩你帶路了。」

「小多？這個名字……」婷婷狐疑地看著大牛，「不是年初你死掉的那隻狗嗎？」

「是啊，是小多沒錯！牠怎麼會……」大牛興奮地流下眼淚，小多一直是他珍愛的狗，陪伴了他整整十五年的家人啊！

「牠過世後一直陪在你身邊，亦步亦趨喔！」Penny邁開步伐，「大家仔細聽我說，有三件事注意：第一，跟緊隊伍；第二，無論如何不要回頭；第三，叫我的中文名字。」

「嗄？叫妳的……中文名字？」Teresa一時還差點想不起她的中文名字。

「林珮雯？」

「叫Penny習慣了，一時叫全名頗怪的，叫我小珮吧！」林珮雯正視著前方，後頭拉著婷婷，「跟好喔！走囉！」

雖然大家有滿腹疑問，為什麼莫名其妙要大家叫她的中文名字，但是現在的氣氛不適合討論其他，等平安活著出去，要聊祖宗八代都可以盡情地聊到完啊！

前頭淡金色的小多帶路，林珮雯一步步紮實地走著，她眼觀四面、耳聽八方，用全身的細胞去感受惡靈的存在、死靈的氣息，還有生靈的蠢蠢欲動。

從十樓到九樓這段路非常短，但走起來相當漫長，尤其當快抵達安全門時，九樓的門甚至自動開啟了。

「嗚……我不要往前走！」Teresa緊抓住婷婷的衣服，「那好像是陷阱，擺明是歡迎光臨嘛！」

九樓裡頭透出陣陣青光，小珮握緊頸間的繩圈們，其中一道繩圈來自繡著金紅色字的錦囊，錦囊浮動著、掙著想出來！可是小珮不想放他們出來，因為錦囊裡是好的靈魂，弄不好要是被惡靈吞了，到最後連靈魂都被毀滅。

「我還能保護自己。」她喃喃唸著，對著錦囊說。

「P……小珮，一定要進去嗎？我們為什麼不能直接走下去？」Teresa 完全不想動，自私地只想到自己。「如果小李已經死了，我們現在也救不了他啊！」

「他的靈魂被惡靈關在這裡，如果不釋放他，容易變成惡靈的一部分，我可不想冒著讓惡靈強大的危險。而且再怎麼說，他好歹曾經是我們的同事。」

後頭一陣沉默，人性的自私在這時顯露無遺，大家都只想救自己，而不去管小李枉死的靈魂；她不能責備這種人性，因為這是天性，也是求生的本能，情況再糟一點，說不定連推同事下樓都做得出來。

但是如果大家都這麼自私，那她也不需要去幫助這些人，不是嗎？

「那好，你們往下走，我去找小李。」小珮做了嚇死人的決定，「小多！你跟著大牛走。」

此話一出，立刻引起一片恐慌，大家七嘴八舌地抗議、反駁，而小珮輕輕挑著笑，她知道自私的天性會讓他們做出怎樣的決定。

最後 Teresa 決定跟著她走，她不敢一個人走，而且小珮才是保命符；婷婷本來就打算緊跟著小珮，而且她希望能見到死去的小孩靈魂；至於大牛，生性憨厚的他是百分之百願意救小李的！

於是這邊自成一票，另一票三男兩女，不想冒險去找小李，決意一口氣衝到一樓，逃出生天。

小珮不多做挽留，她要做的事會堅持去做，別人只能跟著她，無法阻止或是影響她。

她走進九樓時把小多支開，因為九樓其實並不暗，慘綠的青光籠罩著整層樓，寒氣逼人，再遲鈍的人都知道這裡有異樣；後面兩個人緊抱在一起，大牛殿後保護兩位小姐，而小珮則是絲毫沒有猶豫地走進男廁。

男廁裡可妙了，燈光閃閃爍爍，彷彿在告訴小珮，這裡百分之百有鬼喔！

「小李，別鬧了，出來！」小珮把其他三個人安置在牆邊，開始對著空蕩的浴室裡呼喊，「我是來解放你的！」

大牛拉著兩個女孩子往牆邊躲去，小多突然飛也似地衝過來，卡在大牛跟牆之間，不停地吠叫著！只可惜他們聽不見狗吠聲，只能由動作來判定小多正狂吠不已。

不過，小珮倒是聽得一清二楚。

「怎麼了？」她回首看著那面牆，對著小多說話，「牆有問題嗎？」

小多急切地看向她，回以持續地吠叫！大牛不會不懂得小多的意思，好歹都養了十五年，他小心翼翼地推著 Teresa 她們，盡可能離開這泛黃的白牆，愈遠愈好。

就在幾秒之內，白牆突然浮出一個輪廓，像是動畫一般，那白色的壁磚上浮動著，像是一個人的臉龐、身軀……還有手……宛似浮雕拓印在壁磚上的一個人影，只是……

一般的浮雕，是不會有血的！

白磚上眼睛的部位開始滲出血來，然後是嘴巴、耳朵，差不多七孔全流出了血，小珮趕緊上前拉住婷婷，要他們站在中央，不要靠近任何物品！

緩緩地，牆面上扭動的人影變了樣，鑽出一顆頭顱、肩膀、胸部，還有那雙血淋淋的手臂，也只有鑽出這樣而已，那個人像是被鑲嵌在牆裡，下半身隱沒在牆壁裡頭。

「哇啊——啊啊啊——」Teresa 放聲尖叫，跟婷婷兩個人抱在一起，粗壯如大牛，也只能抱著兩個女生，強硬挺直腰桿。

那顆頭沒有眼球、沒有鼻子也沒有耳朵，張大的嘴被打掉很多顆牙齒，含糊地叫著還是說著，喉嚨裡全是血的聲音，咕嚕咕嚕地聽不清楚，小珮根本不需要問，她知道這就是小李。

然後他演出厲鬼都會有的齜牙咧嘴，狂吼一聲，就往小珮衝了過來，雙手一抱想要抱走她。

只可惜，還沒碰到小珮，Teresa 就可以聞到一股焦味從空中傳來，小李的雙臂被嚴重灼傷，痛得哀哀亂叫，大半身縮回牆裡頭。

「小李，我是小珮，你該認識我的。」小珮猶疑地，緩緩地接近他，「你看不見、或許聽不到，但是你是鬼，能感受我的氣息。」

「小珮，危險……危險啊！」大牛在後頭緊張地大喊著。

「我不會傷害你，只要你不傷害我……」她這麼說著，胸前的護符們安靜下來，任她將柔荑貼上血肉模糊的臉龐。

一瞬間，小李的臉變得再正常不過，他甚至摔出了牆之外，像個活生生的人啪得倒在他們面前！

小多興奮地在他身邊繞來繞去，舔著他的臉。

「Penny……Teresa！」小李抬首看見他們，一個大男人還是哇的一聲哭了出來。

Teresa她根本不敢近小李的身，只敢遠遠地看著他，即使他看起來正常了，但他終究是隻鬼。

「Penny！好可怕！那個女孩子好可怕……她從牆壁浮出來、咬掉我的耳朵、挖掉我的眼睛，再啃掉我的鼻子……我惹她生氣了！我真的惹她生氣了！」小李想拉住小珮，卻有一股力量防禦著。

「我早跟你說過，不該對死者不敬。」小珮嘆口氣，只可惜為時已晚。

「她是個小女孩！就是我說的那個小女孩！她已經死了！她一直喊好痛好痛，然後折磨我，要我跟她一樣痛苦！」小李踉踉蹌蹌地站起身來，「我跟你們說，這裡很危險，她想要殺死每一個大人！所有虐待小孩的大人！」

「她之前明明不是惡靈，為什麼會突然變成厲鬼？」小珮看著小李的慘樣，她不難想像他死前受了多大的折磨。

「好像有東西在呼喚她，把她喚醒，還把恨意灌給她！」小李即使已死，還是恐懼不已，「我可以感受到那股恨，她恨透了，她恨世上所有的大人，她要大家死得比她還難過！」

「唉……那你快走吧！我可不想應付你！」小珮一直不安地環顧四周，深怕女孩怨靈會突然出現。「我的功夫不到家，但至少可以幫你指一條路。」

「她不在這裡，妳暫時放心……她好像在料理其他人。」小李抹了抹淚水，「拜託妳找到我，然後幫我做法事……」

「咦？」小珮聽到惡靈在料理其他人，心底就一股寒，她直覺想到離開他們的脫隊同事，「你在哪裡？」

小李伸出手指，指向了廁所最裡面。小珮瞭然於胸，嘴裡喃喃有詞，然後指向了鏡子的方向。

「從那條路走，遇到阻礙，就說我的名字，說你是林珮雯引渡來的。」她認真地凝視著他，「身後事交給我，不要煩心。」

小李感激涕零，依依不捨地看向大牛他們，淚水不停湧出，即使後悔難過，也已經來不及了！但至少他知道自己是被自己害死的，口無遮攔的下場比想像中悽慘許多。

「小李！」大牛難受得很，看著同事慘死，心底怎樣都不舒服。

「再見了。」他幽幽地說著，咻地朝鏡子飛掠而逝。

他們不完全瞭解小李的去向，但因為小珮的關係，至少應該是去了安全的地方吧？大牛用力抹了眼角滑出的淚水，Teresa 則帶著愧疚與緊張的神色緊盯著地，而小珮的目光終於移到了廁所區域。

大牛也明白，這次他率先往前走，讓 Teresa 跟婷婷留在原地繼續相擁；他一間一間小心翼翼地將木板門推開，卻什麼都沒瞧見，直到最後一間時，他非得鼓足勇氣，才敢一窺究竟。

結果門一推開，跟他們當初來找小李時一樣，空無一物。

「小李說在這裡一定在這……唔！」小珮倏地向後退，掩住口鼻，乾嘔了好幾下，「水箱！打開水箱！」

小李用這種方式通知她未免也太噁心了吧！大牛瞧她一臉難受樣，慌亂之下拿了馬桶刷趕緊使勁撬開了馬桶的水箱！這第三間的確從一個月前就怪怪的，完全無法沖水，後來也就沒人使用了！

水箱的蓋子應聲而落，大牛還有點戰戰兢兢地佇在原地，回頭看著站在外頭的小珮，只得硬著頭皮上陣！

小小長方形水箱裡沒有一滴水，裡頭只塞滿著一堆肉團以及一顆被壓扁變形的頭顱。

「噁——」一想到那裡面塞著小李，大牛也受不了，衝到外面的洗手台上嘔吐。

雖然他沒有聞到任何味道，但是任誰看到一個一百七十五公分高的男人被塞在馬桶水箱的慘樣，都會想把五臟六腑全給吐出來！

咦？沒有味道？

「為什麼……一個月了，都沒有屍臭味？」大牛抹了抹嘴。

「因為小女孩不想讓大家聞到，女孩子都愛乾淨。」但是她聞得可清楚了，小珮巴不得快離開廁所，「我們快走吧，我快吐了。」

她飛快衝了出去，Teresa 她們當然緊跟在後，沒見到小李的她們還不停地問大牛，小李真的在裡面嗎？待大牛解釋水箱裡塞著小李後，這兩個沒見到也沒聞到的女生，也都乾嘔了好幾下。

走出九樓男廁的那一瞬間，所有燈光全部消失，一如十樓的漆黑無光，小李的冤魂已逝，這裡不再屬於他的地盤；小珮示意大家別動，走到安全門邊偷窺一下，她得先搞清楚外頭的情況。

她感覺到外頭有令人膽寒的東西存在，而且從門縫偷聽，可以聽見樓下不止的尖叫聲、碰撞聲及哭泣聲。

「大家在這裡稍事休息一下。」小珮有些疲累，就地坐了下來。

朝酆都開一條路並不很困難，但還是要耗費她的靈力，她擁有天生的陰陽眼以及潛在的靈力，這些是認識男友後才被激發訓練出來的；但是她的力量並不大，只能應付一些小鬼而已。

這麼大的怨靈她只處理過兩次，一次是青澀的高中時期，一次是現在。

高中時期的她非常自閉自卑又懦弱，跟著心高氣傲的同學一同欺負弱小，而有一天當弱小的同學果真因她們的惡作劇而死亡時，她們全部被打入鬼城酆都，遭受了這輩子忘都忘不了的惡夢境遇。

她什麼也不會，她只是在後悔中學習成長，學習到不再那麼懦弱，要永遠活得坦蕩蕩；幸運從酆都平安回來後，她開始不因自己的陰陽眼而自卑，藉由男友的開導，她與他們溝通，也學習了簡單的超渡法。

至於酆都引路，因為曾經身陷酆都，所以她變得非常容易進出。

當年是僥倖存活，爾後她再也沒有遇過任何屬於惡靈以上等級的厲鬼，她自己知道能力的極限在哪兒，這個女孩子的怨魂，她不認為自己能戰勝。

可是……她轉頭看向身邊三個恐懼著的同事，她不會再放棄任何一個人！

「小珮，妳讓小李去哪兒了？」黑暗中，婷婷幽幽地問。

「去該去的地方。」

「那為什麼……要報妳的名字？」

「因為酆都的鬼差認識我，報我的名字好上路。」小珮淡然一笑，「你們以為我早上講假的嗎？」

哇咧，早上小珮說，她跟她男友是在酆都……認識的？那她男友是什麼東西啊？

「他是人，活生生的人，這段故事，等我們平安出去，有的是時間講。」深呼吸幾口氣，小珮試著調整氣息。

她拿出手機，手機在黑夜中閃出冷光，可以的話，她想趕緊打給男友正宇；Teresa見狀也趕緊拿出胸前的手機，她怎麼忘了可以用手機求救呢？

Teresa 按著求救電話，小珮則按著男友的電話。

「哇——」沒說到一句話，就看到Teresa把手機扔了個老遠。

小珮靜靜地看著她，並沒將話機靠近耳邊，而是拿得老遠、按下擴音鍵；她的手機是3G手機，她有預感，能再見到什麼畫面。

「喂？」她先發個聲。

『找誰啊？妳找誰啊？』電話裡傳出的是女孩可愛的聲音，『阿姨妳想去哪裡啊？妳想找誰呢？』

「就找妳吧！妳現在在幹嘛？能不能放我們走？」

『不行喲！你們壞壞，所以你們都要受處罰！』果不其然，下一秒小珮的手機就跳閃出五個同事相擁顫抖的畫面，『壞孩子！壞孩子！欺負小孩子的壞人！』

手機螢幕不大，呈現的只有牆上映出的倒影，同事 Maggie 恐懼的神色一閃而過，童鬼似乎不打算讓她看到全貌！

「Penny！救救我……救救我！」電話那頭，突然出現哀嚎聲。

『妳閉嘴！妳應該求求我才對！妳要求求我！』女孩子聲音帶了點微慍，然後手機那邊傳來一種奇異的撕裂聲。

那好像是有人吃力地抓著女人的長髮，使勁地往上拉扯，頭髮一把一把的被扯離頭皮，或是頭皮被扯離頭骨的聲音……嘶……啪嘶……啪嘶嘶……，而這之中伴隨著淒厲無比的慘叫聲，仔細聆聽，就可以發現跟樓梯間傳來的迴音是同步的。

小珮逕自把手機關掉，然後把機子跟錦囊放在一起。

「那……那是 Maggie 嗎？」Teresa 顫著音問。

「應該是吧！手機沒有用，你們把它扔了，以免怨靈透過手機找上你們。」她將錦囊的束口拉緊，這錦囊有強大的封印，不至於讓手機造次。

「透、透過手機？」婷婷飛快地把手機給扔掉。「跟鬼來電一樣嗎？」

小珮看著她，劃上一抹笑，「妳不會想知道的。」

嗚哇哇……婷婷全身都竄起雞皮疙瘩了，怎麼剛剛小珮的笑容更加令她毛骨悚然啦！

「小珮，為什麼小李剛剛不能攻擊妳？」Teresa 想了很久，終於還是問了。

「因為我身上有護身符。」小珮拉動著身上的紅繩，「這是用我的本命去配的，給你們戴也起不了作用。」

擔心大家誤以為她只想自保，她覺得應該把話先說清楚，如果可以的話，她願意把有用的護符給大家戴。

「那個可以免於惡靈的侵害嗎？」Teresa 對這些護符相當好奇似的。

「小鬼可以，惡靈的話……我想未必。」這就是她現在最擔心的，偏偏無法聯絡上正宇。

「那緊急的時候，妳是不是就會捨棄我們，因為護符能保護妳？」Teresa 把她心底最深的恐懼喊了出來！

這句話影響了婷婷，也震撼了大牛，他們心底何嘗不是這樣想呢？因為小珮展現出異於常人的冷靜與能力，才能讓他們逃過一劫，但萬一事情到了危急時呢？任誰都會想保護自己的啊！

「我，不會再捨棄任何人。」小珮的眼神飄到相當遙遠的地方，「除非你們主動捨棄我。」

是啊，她已經成長了，距離高中已經十年，她已經是個成熟的女性了！

大家陷入沉默，內心既恐慌又百感交集，這一個月嘴裡說鬧鬼鬧鬼的好玩有趣，誰知道這會是真的？這是二十一世紀，多麼科技昌明的時代，竟然還有惡靈怨鬼這種東西？

而且為什麼遇上的是他們！

「我相信小珮！」婷婷搓著雙臂，「我相信妳會幫我們，因為妳不像 Teresa 一樣！」

「妳這話什麼意思？」Teresa 抬起頭，不喜歡婷婷的口氣。

「因為妳騙人啊！妳騙大家妳有陰陽眼、還一副很厲害的樣子，結果現在事情變成這樣，妳還懷疑小珮的人品！」婷婷對 Teresa 萬分不諒解，「今天如果是妳，我才會考慮相不相信妳呢！」

Teresa 哪禁得起這樣直接的羞辱，尤其婷婷說的句句屬實，反而讓她因下不了台而惱羞成怒！

「我、我怎麼知道你們這麼笨，隨便講就相信！我一開始也只是好玩，是你們害我收不了手——」

「Teresa。」小珮沉著音發出警告，「不要口無遮攔。」

上一次她這麼警告著小李，然後小李已經死無全屍；這一次她又警告 Teresa，害得 Teresa 嚇得噤聲。

「我一直知道妳看不見，但是卻說得好像有那麼回事，我不在乎，不代表那個童鬼不在乎！」她不揭穿她是沒有必要，反正大家都平安無事不是嗎？「我知道妳跟別層樓說過電梯裡的鬼是小男孩，妳等於否定了她的存在。」

「這、這是什麼意思?妳在恐嚇我嗎?林珮雯!」Teresa 極力逞強,對小珮惡言相向。

「我永遠不會恐嚇任何人的……但是厲鬼,會。」一字一字,小珮說得溫婉,卻字字鏗鏘。

Teresa 噤若寒蟬,她即使內心再怎麼不平、覺得再怎麼羞愧也不敢出口,可是她討厭婷婷、討厭小珮!因為小珮早知道一切卻不告訴他們,才害得他們坐困愁城;而婷婷平常一副人畜無害的模樣,事後竟然找她算帳!

「差不多了,我們該走了。」小珮起了身,「我們往樓上走。」

「樓上?!為什麼!我們這樣怎麼回家?」

「因為 Maggie 他們已經凶多吉少,樓下現在怎麼能走……而且,我想把源頭關掉,或許童鬼就不會作亂了。」

「源頭?妳知道那個惡靈從哪裡來的?」一直不語的大牛終於因為這個好消息而微微興奮。

「我猜,應該是受虐待的孩子,召喚了同樣命運的死靈。」小珮抬首,她一路看向高層住戶。

「妳是說,十七樓的王太太?」一提到孩子受虐,婷婷絕對是第一個關心的人。

小珮讚許般地笑著,緩緩推開安全門,確定外面的惡靈氣息漸淡,再次請小多在前頭領路。

她想,應該從十三樓的張先生開始吧!

虐待孩子的大人都該死，童鬼是這麼笑著說的。

第五章・保護

從來沒有人有這種體驗，從九樓走上十三樓並不是多高的階數，但卻步步膽戰心驚、舉步維艱，因為樓梯間盈滿了虛弱的哀嚎迴音，小珮還一本正經地告訴他們，那是活人的聲音。

活人？意思是說他們那幾個慘遭虐殺的同事，還存有一口氣在，倒在血泊中發出陣陣哀鳴？

這話聽了能舒服嗎？誰不渾身發冷還直打哆嗦？所以大家生出一個共識，沒事乾脆別多問小珮問題，多問多嚇自己！現在在黑暗中走樓梯已經夠可怕了，加上小李剛剛現身的姿態，也讓大家完全不敢扶牆而走，這種緊拉著前頭人後背的走法，動不動就有人腳滑。

小珮身後跟的就是婷婷，她心底既害怕又擔心，因為小珮提到十三樓，就讓她想到那個活潑可愛的仁仁、那個她每次都準備糖果要給他的仁仁！

「小珮，小孩子會殺小孩子嗎？」婷婷的意思是，童鬼是否連孩子都會下殺手？

「不會，這個我敢保證。」小珮頭也不回，「只有大人會殺小孩。」

正常孩子哪有那個氣力虐殺其他小孩？更別說是六歲的仁仁、或是那個八歲的童鬼？還有六個月的嬰孩？但是這些孩子都被鞭打、被虐待、被掌摑，還有一個已經被殺死了。

被虐殺而死的童鬼，怎麼可能再去虐殺同樣命運的孩子？

有的人會覺得這種事很匪夷所思，但是事實上卻天天在上演著！世界上有許多無法理解的殘忍都來自於人類，有時候小珮甚至覺得有的冤魂值得同情、比起作惡的壞人有的鬼魅還可愛多了。

就像這個童鬼，她還是個孩子，根本什麼都不懂，直接地表達出自己的恨與怨，她不懂自己犯下了什麼罪愆，不懂自己已把自己打進可怕的煉獄。

她值得同情嗎？當然值得，她甚至會為了她哭泣；但是她殺了她的朋友同事，這又值得同情嗎？正宇曾說過，身為正常人是件好事，這樣就不必處於那種矛盾當中。

還差幾階到十三樓，半掩的安全門已經很詭異了，偏偏掠過了一個影子，還伴隨著孩童的足音。

「仁仁！」婷婷竟忘我地大叫，手一鬆，直直往上奔去。

「婷婷！」因為太過突然，小珮完全反應不過來，也來不及抓住她！「小多！去攔她！」

小多變成一道光影，以美麗的圓弧姿態衝到婷婷面前，在她即將開門前攔下了她。

「妳在幹什麼？這樣很危險的！」小珮一顆心差點沒被嚇出來，「萬一那是陷阱，一開門童鬼就在等妳怎麼辦？」

「那是仁仁！我不會認錯的！」婷婷竟無比堅持，「仁仁不會傷害我的！他只是個孩子！」

「童鬼也只是個孩子，還只是女孩子。」小珮無奈，搖了搖頭。

「那個女孩子不是人，她已經死了！仁仁又……」婷婷說到這兒，突然興起不祥的預感，「不會吧！妳、妳剛剛說過童鬼不會殺小孩子的！」

「我是說過。」小珮拉了她向後，連她都不敢貿然行事，真佩服婷婷。

「可是小珮也說過，大人會殺小孩子。」Teresa 冷冷地補充，知道愛小孩的婷婷一定會受不了。

婷婷倒抽了一口氣，只差沒尖叫起來，仁仁死了？難道張先生真的把仁仁打死了？！

此時此刻小珮卻感受到惡意蔓延，並不是來自於童鬼或是任何怨靈，反而是來自她身後活生生的活人。

Teresa 變得很奇怪，她有顆陰暗忿忿不平的心，她在不平、不悅，而且感覺似乎想傷害婷婷或是其他人；如果這跟陰陽眼的謊話被揭穿有關，那也是她自己的錯，為什麼要怪罪她人？

Teresa 不知道在充斥著惡靈的空間裡，這種怨恨的氣息，是非常容易招惹惡靈的……所以她很不安，如果 Teresa 對待婷婷尚且如此，那對她就更有意見吧？總覺得帶著這樣的人在身邊，比帶著一師的厲鬼還讓她心驚膽戰。

但是她不會放棄任何人的！只要她能做，她希望能把每一個人都平平安安地帶離這裡。

十年前的事，絕對不能重蹈覆轍。

小珮用手打了個結印，印向安全門後，才緩緩地把門拉開！十三樓只有兩戶，但全是張先生家的，老房東沒跟孩子住在一起，所以張先生的家非常寬闊。

才踏上走廊，就看見敞開的大門，這種情況絕對沒有好事，因為惡靈不會關門。

「好暗！這裡怎麼比樓梯間暗？」婷婷連前頭的身影都瞧不清楚，「小珮……好可怕。」

「因為樓梯是密閉空間，小多的光會在牆上反彈！這裡是開放空間，小多只能照耀前方的道路。」小珮低首看著小多，發現牠不大願意往前走了。

同一時間，地板突然閃起光芒，然後在幾度明滅後，地上浮出了黃色的點點燈光！

小珮詫異地看著一整條燈泡，這才想起，那是逃生路線的指示登，一旦火警發生，備用電源會讓地板的燈亮起，好讓住戶知道通往安全門的路在哪兒！

這個燈，應該也在童鬼的掌握之中，為什麼會突然亮起了呢！

「仁仁！是仁仁！」婷婷突然大叫一聲，接著因為視線清楚，立刻朝前方的門口奔去。

「什麼——」小珮再次來不及抓住她，而小多已經躲到大牛腳邊去了。

顧不得其他，小珮只好拔腿就追，如果童鬼利用仁仁的幻影傷害婷婷就太過分了！她是真的喜歡小孩的人！她不會打小孩的！

愈接近門口，情況就愈詭異，因為白鐵的門上倒映著青青白白的躍動光芒，有點像電視螢幕的反射！問題是現在整棟大樓都停電，誰家有辦法看電視？

張家的客廳超級大，六人座的長沙發、四十吋的液晶電視、立體音響，還有沿著牆釘滿的書櫃及裡頭滿滿的書籍，真不愧是老師的家裡；而那四十吋的電視果然開著，可是沒有畫面，只有雪花的雜訊不時地跳動著。

「哇呀——啊——」裡頭，突然傳來婷婷的尖叫。

大牛比誰都快的往裡頭奔去，讓小珮一陣錯愕，現在是怎麼樣？剛剛一群縮在背後的人，現在一個比一個還不怕厲鬼，還衝鋒陷陣起來了？回首一瞧，只有 Teresa 冷靜地跟在她身後，四目相對時，她眸子裡流轉出一絲狡黠。

小珮沒時間想那麼多，只有快步跟上大牛，他們竟一路奔向陽台，因為婷婷發現陽台上勾著一件破碎的針織外套！她戰戰兢兢地探頭往下望，見到了大樓後頭的地面上，扭曲著一個女人的身軀，頭破血流。

婷婷雙手掩面撲進大牛懷裡哭泣，甚至軟了腿站不直身，大牛用寬闊的臂膀緊緊護著她，他們都知道，掉下去的人是張太太。

「小珮，這裡！」不遠處傳來 Teresa 的叫喚，她站在一圈金色的光暈之中。

大家跟著走到偌大的主臥室，發現裡頭竟亮如白晝，因為整間房間全點滿了蠟燭！而房子的正中央有盞美輪美奐的水晶吊燈反射閃耀著所有燭光，吊燈下方繫了根繩子，在半空中晃盪著；一根根長短一不的紅蠟燭燃燒，搖曳的燭火圍繞著吊燈成一個圓，紅色的蠟淚結在地板上，看起來像血一般殷紅。

婷婷站在門裡，對這景象感到狐疑，而早先發現的 Teresa 則站在大牛身後觀望，讓小珮一個人往前探查。

小珮隻身走了進去，試圖在這奇特的房裡找到些蛛絲馬跡，蠟燭誰點的？張太太嗎？圍繞著吊燈又是什麼用意？而吊燈下那帶著褐色血的繩子又是什麼？蠟燭的火在下方燃燒，燒得她的臉有點燙、有點暈眩……

接著一個身影掠過，嚇了她一跳！

她瞧見一個粉紅色的小女孩，正哼著歌兒似的，一根一根的點燃蠟燭、再一根根的擺放在地板上，女孩正是那個童鬼，但並不是活生生在她面前的！

因為童鬼有些半透明，看著她的身影，也會瞧見後頭的傢俱寢飾，小珮緊皺著眉頭，瞧見牆上的時鐘，上頭的時間顯示是半個小時前。

這是過往的影像嗎？有誰想傳遞什麼嗎？

她才在揣測，卻赫見門口踉蹌走來一個人影，女人摸黑著來到房門口，臉上盡是詫異驚恐的神色！

那是張太太，還活著的張太太。

『誰？妳是誰？』張太太瞧得見童鬼的身影。

『妳是仁仁的媽媽喔？』童鬼蹦蹦跳跳地繼續點著蠟燭，『妳是個不會保護仁仁的媽媽！』

『妳在說什麼？妳到底是誰？為什麼會在我家？』張太太驚慌極了，軟弱的她根本不瞭解現在的狀況。

先是停電、再來是聽見房裡有聲音，在找到手電筒或蠟燭之前，就被主臥室裡發出的光給吸引過來。

『為什麼爸爸打仁仁時妳都不說話？仁仁一定有哭、一定有叫媽媽、可是妳都不理他！』童鬼終於點完最後一根蠟燭，然後抬起頭，冷冷地看向張太太，『還要仁仁說謊、叫他說是自己跌倒的……』

張太太莫名其妙地面對這陌生的孩子、但她卻指證歷歷，直接說中她面對仁仁時的反應。

『我、我……我能怎麼辦？他在教孩子啊！他說孩子不乖就一定要教！』這其實是她的痛，但是她從來不敢去阻止丈夫。

『妳沒聽到仁仁在哭嗎？他在求救！他每天身體都被打得青青的！』童鬼一隻指頭指向張太太，『妳是壞媽咪！』

『我不是！我只是、我只是……』張太太試圖辯解些什麼，卻聽見後頭龐大的腳步聲！

小珮也瞪大了雙眼，她直視著門口，感受張太太後頭一大片靈壓襲而至！眾多紛沓的腳步聲，門口竄進了許多小孩子！

天哪！是更多、更難以計數的童鬼！

『媽媽，好痛！媽媽救救我！』陌生的孩子拉住張太太。

『媽媽，拜託……叫爸爸不要打我了！』另一個孩子抱住了她。

『好痛喔……求求妳，不要再打了！』又一個孩子站到張太太面前，昂首哭泣。

只是他把眼珠子哭了出來、把皮膚哭爛了、臉色轉為青黃、皮膚像片泥濘般崩落。

『哇呀——走開！全部滾開！』張太太見狀，歇斯底里地揮開他們、驚慌失措地往外跑。

小珮的眼神往外看，透過了牆，看見一大群小孩不理會張太太的揮舞，一個個跳上去、攀住她、抱住她，然後露出最悽慘的死樣、最駭人的面目，要求張太太的呵護與擁抱！

『走開——救命！救命啊！』她悽慘地長嘯，那些小孩卻全部爬到她身上，用小小的手抓住她，撕破她的上衣、裙子。

然後一個嬰孩圈住她的頸子，嬰孩不會說話，他失去了上半部的頭顱，軟軟的腥臭腦子隨著張太太的搖晃，一點一塊的往下甩落。

可是他緊抓著張太太的胸部，張開嘴，渴望著母親的奶水與胸脯。

『啊呀——啊呀呀呀——』生性膽小的張太太狂吼不已，這群童鬼們嚇得她心臟快停了、還有人用腐爛的身軀擁抱她、用爛泥般的肉貼近她！

而那個腦渣快掉光的嬰兒，竟然在吸她的乳頭！

『啊——』當小嬰兒咬掉她的乳頭時，紅血噴灑出來，張太太尖聲嘶叫一聲，身體撞上了陽台的矮牆，她已毫無退路。

『抱抱……抱抱啊媽咪！』一個個可怕的厲鬼朝著張太太伸出手！

『不要靠近我！不要靠近我！』張太太翻了白眼，她竟往後退著，甚至瘋狂地攀上了矮牆！牆邊的鐵釘勾住了她的針織衫，失去理智的她卻以為是哪個童鬼抓住了她。

『走開！放過我——求求你們放過——』

嘶……力道過猛的張太太離開了她的小外套，整個身軀以完美的拋物線從十三樓的陽台拋了出去。

針織小外套的一半掛在鐵釘上，隨風擺盪著，一群失望的童鬼們看著樓下，他們失去了一位媽媽。

小珮痛苦地閉上雙眼，她知道這景象是什麼了，有人要讓她知道張太太的死法、有人要表明她是個不管孩子被打的壞媽媽、有人意圖要讓她知道……這裡的童鬼不止一個！

還沒哀悼完畢，接著一個男人的身影突然從旁卡在她跟前，卻又穿過了她的身軀！

喝！一股惡臭的氣味竄進，彷彿有人硬塞了什麼進她的腦子與身體裡，她登時感到一陣天旋地轉的噁心，甚至連站都站不穩，整個人像失去平衡的向後跌去！

在她屁股著地的那一剎那，她發現眼界的景物變了！吊燈下的繩子突然綁上一個小女孩，她被絲襪縛緊雙手，再套過天花板的木雕鏤洞，不停晃盪。

『求求你放了我……求求你……』她哭著、哀求著！

小珮看著女孩身上的粉紅色衣服，和電梯前那個童鬼是一樣的、那個含著怨氣與恨的小孩！而她面前還站了一個男人，手裡握著皮帶，然後一揚手，一鞭又一鞭的狠狠在孩子已光裸的背部上再鞭出一條細細的血痕。

皮開肉綻，小珮甚至感覺到血濺上她的臉頰。

『哇呀……嗚嗚嗚……媽媽！媽媽……』孩子痛得哀嚎，哭喊著她的母親，小便滲了出來，往地板積了一地。

小珮倏地回首，看見有個女人綁著散亂的頭髮、坐在沙發上，面無表情地看著斜前方的電視，身邊坐著一個大約三歲的男孩，兩眼發直地看著父親以及吊在半空中的姊姊。

接著女人把髮上的髮帶拆下交給男人，而男人將女孩的嘴給縛住，還在後腦勺紮了個死結。

『再哭！再哭！看到妳就火大！別人家的種要老子花錢來養！』男人叼著菸，咬牙切齒地罵著，然後更加使勁地鞭打瘦弱的身體。

已經裂開的皮肉再次被皮帶切開，露出擁有肌理的肌肉，一次又一次，血愈流愈多，要不是血流如注，小珮想她該會看到森白的白骨。

慢慢地，小女孩不哭不叫、也沒有再扭動身體了，她的母親依舊呆然地看著電視，她的弟弟也還是坐在沙發上看著漸漸沉靜的她；而男人沒有停下他鞭笞的快感，那皮帶還是繼續在她漸冷的身軀上烙著印。

女孩臨死前，雙眼睜圓暴凸，那姿態彷彿在問著：為什麼？為什麼？

『我好痛。』

腳邊突然傳來女童的聲音，嚇得小珮僵直了身子，不敢低首下望。

『妳看，就是這個樣子……我痛死了！』接著，她的衣角被扯了扯，『我都一直求求爸爸、求求媽媽，但是都沒有人來救我。』

小珮屏住呼吸，心臟劇烈地跳動著，兩眼只敢直視前方，那變成半透明的男人、還有快不見的景物。

『妳說，大人是不是很可惡？』女孩還在，這次是揪緊了她的衣角，『他們打我就會很快樂嗎？爸爸每次打我時都會抽菸，好像很快樂一樣。』

不能回應！她不能回應！小珮緊閉起雙眼，開始準備唸起大悲咒，讓這個小女孩離她愈遠愈好！

『因為我是女孩子，還是因為我不是爸爸的女兒？我都搞不清楚了！可是我死掉後覺得很舒服，因為再也沒人會打我了！』女孩此時飄了起來，就飄到小珮眼前，『但是那個小寶寶好可憐，他連求媽咪都不會說，每天都被打、好可憐好可憐！』

「所以他把妳叫出來嗎？然後妳讓他破壞東西、汙染水質、再躲在水管裡哭嗎？」小珮感覺得到臉前的冰冷，也聽得出聲音現在來自正前方，但是她依舊不能睜開眼睛！

正宇！天哪！救救她！快點過來救她啊！

『才不是我！我很乖，我一直在睡覺耶！』女孩子委屈地說著，『會講話也是一種發洩、哭也是啊，可是寶寶連哭都被蓋住，他的力量好大喔，只好把力量發散到好多好多地方……然後我就被他叫醒了！』

「可是妳現在殺了人，妳一點都不乖了……」小珮忽然覺得寒冷從腳蔓延，彷彿有冰柱正從她的腳開始冰凍她全身！「妳……不能再這樣繼續下去！」

糟糕！這是陷阱！

『可是爸爸打我也是發洩，大家都要發洩對不對？那我也可以啊！』忽地，女孩的手指啪地撐開小珮緊閉的眼皮，讓她清楚地瞧見她！

女孩浮在半空中，眼球維持死亡時的凸出，臉上還是髒兮兮的，只是她說話吐出的氣息，有著無比的腥臭。

『大人都該死！他們可以打我、我也可以這麼做……因為我如果不這麼做，會有很多很多人都跟我一樣可憐！』女孩大叫起來，旋了身子，讓小珮看清楚她的後背。

她背後的衣服早已被皮帶鞭得撕裂殆盡，血液也已乾涸，映入小珮眼裡的是向外翻開的皮、肉與變黃的脂肪，還有染著血的白骨，和幾條斷裂的神經。

『因為我很痛！你們都不知道我很痛——』拔尖的鬼叫聲再度刺進小珮耳裡，但哭泣與哀鳴每每都讓她全身顫抖！

房間瞬間再度被燭光籠罩，被吊打的女孩身軀漸而透明，直到一切影子都消失，就連剛剛那童鬼也失去了蹤影。

「小珮！」後頭是一雙有力的溫暖臂膀，扶住再度暈厥的她！「小珮！妳怎麼了！她臉色好白！」

是大牛的聲音，這時候有男人是有好處的……正宇，如果正宇能來那有多好？如果有正宇在，她就不必孤軍奮戰、她就可以安心，她也可以保護更多人……

「小珮！妳不要嚇我！」婷婷搖晃著她，看著她自眼角滑落的淚水。

Teresa 站在門外，依舊不踏進來，她看著意識不清的小珮，才發現陰陽眼的人似乎很容易被攻擊或附身，這才慶幸自己是看不見的人！悄然握住口袋裡的手機，雖然小珮說別帶，但是萬一她出了什麼事，沒手機的他們不是死定了！

喀咚！不知道從哪裡突然滾落了一小個東西，在婷婷驚嚇之餘，已經滾到她的手邊！因著蠟燭明亮，他們很快地辨識出滾落的東西，是顆用透明包裝紙包的藍色薄荷糖！

是婷婷平常給仁仁的那種！大牛見狀有些訝異，他與婷婷交換神色，均不明所以，但是婷婷卻趕緊把糖果拆開，塞進小珮的口裡。

甜美與清涼的感覺從口裡喉間灌了進去，這之中還夾帶著一股溫暖的力量，瞬間竟化掉大家都看不見的冰，融掉困住小珮全身的枷鎖！

「喝！」她倒抽了一口氣，雙眼突然睜了開！

「小珮！小珮！」大牛興奮地叫了起來，「妳醒了嗎？我是大牛！我是大牛！」

小珮眨了眨眼，看著自己的身體再也沒有冰塊束縛，然後才看到抱著她的大牛以及在一旁擔憂的婷婷。

「我沒事了。」她劃上一抹笑，直起身子，最後看向一直站在門外的 Teresa。

「謝天謝地！嚇死我了！幸好糖果有用！」婷婷破涕為笑，一副好像已經殺出重圍的欣慰，「剛剛有顆薄荷糖掉下來呢！我趕快塞給妳吃，結果妳竟然只是血糖過低喔！亂嚇人的！」

「薄荷糖？」小珮愕然地含了含嘴裡的圓球，驚覺果然是顆薄荷糖。

「就我平常給仁仁的那種啊……啊！仁仁！」婷婷想起仁仁了，「仁仁呢？我剛剛是追著他到這裡來的！」

大牛攙起小珮，她活動活動雙腳，眼神凝視著空無一人的吊燈，她想她看到了那位女孩童鬼的死法，她皮開肉綻的痛苦，彷彿已傳達給她。

「這房間只有一個死人，沒有仁仁。」小珮環顧四周，讓她擔心的是，張太太的靈魂也不在這裡。「我們先走吧，此地不宜久留。」

放走一個小李，多一個張太太，並沒有比較好。

「嗯！小珮，這些蠟燭是幹什麼用的？難道是那個厲鬼點的？」大牛臨走前，一直不明白那圈蠟燭的用意。

小珮回眸，那圈蠟燭是個陷阱、是個術法陣，是為了要讓她看到過去、接觸死靈進而被束縛的陣法！因為女孩知道只有她會走在前頭、也只有她會先去探查異狀。

年紀小小，卻因為在人間飄蕩夠久，什麼招式都使得出來嗎？

小珮的身心都受到衝擊，再加上剛剛為小李引路，她已經開始覺得身體迅速虛弱下去，如果幫手再不來，她恐怕沒有辦法全身而退啊！

握住錦囊裡的手機，她連正宇都聯絡不到……但是至少正宇應該會過來找她吧！

一行人走出房間，Teresa 淡淡地問她好些了嗎，她也淡然地回應著。除了童鬼外，直覺告訴她，Teresa 似乎也必須防範。

「奇怪……張先生呢？為什麼沒有看見張先生？」大牛他們在住家裡找到了手電筒後，也一間一間找過了，就是沒有張先生或是仁仁的蹤影。

「不知道，不過對仁仁直接施虐的是他，我不覺得他能幸運逃過。」

唉，算了，厲鬼無道理可言，她的同事們不也在樓梯中死於非命？

不經休息，小珮決定出發到十七樓去，因為剛剛童鬼說了，一切的起源應該在於那位六個月的嬰孩身上！她要去十七樓看看究竟發生了什麼事，會驅動原本沉睡中的童鬼！

童鬼說她一直在睡覺，死亡之後又為何沒有去酆都報到？鬼差又為何沒拿她回城？她如果覺得自己在睡覺，那表示死亡後她是屬於空渺狀態，像嬰兒般熟睡著等待鬼差的提拿。

雖然體力有限，但是她必須再開一條路！小珮拿出胸前的錦囊，細細地撫摸著上面紅線繡的字樣。

「萬應宮？」婷婷忽而湊了過來。

「我男友家族在台南是開廟設壇的，而且相當有道行……這錦囊裡裝了封印還有兩隻鬼。」錦囊開始憑空躍動，裡頭的鬼魂們似乎掙扎著要出來。

「鬼？！」大牛嚇了一跳，小珮隨身攜帶鬼魂當寵物嗎？

「嗯，以前從酆都城跟著我過來的……」她倏地把束口袋給打開，兩個黑影跟著竄出，嚇得另外三人直打哆嗦。「你們回酆都一趟，我想知道這個女孩死之後的事情……不行，你們保護我會有風險，但是回酆都的路有封印在，惡靈不能造次！聽我的話！拜託！」

看著小珮跟一團黑影在講話，不知道能不能稱得上十大奇景？婷婷他們紛紛嚥了口口水，真想不到身邊就有高人在哪！而且果然愈厲害的人愈低調呢！

「不行，你們出不去的！沒辦法通知正宇或阿蓮他們！正宇會來找我的！我有信心！」小珮嘴裡雖然這麼說著，但是火警鈴響，她卻連保全跟消防車的聲音都沒聽到。「拜託你們了！別再回來，用別的方式通知我！」

語畢，小珮再度唸唸有詞，對著窗邊再指出一條路似的！而那團黑影遲疑了一下，還是飛快地穿過了窗戶，消失無蹤！

「小珮，妳養小鬼啊？」Teresa好奇地問著。「妳不怕他們反撲嗎？或是——」

「他們不是小鬼，算是朋友吧！而且這個錦囊是拿來保護他們，不是保護我的。」小珮微微一笑，收緊束口，現在這個錦囊裡只剩下手機了，「萬應宮什麼都做得到！」

哇！好神喔！婷婷喃喃唸著，連大牛也決定萬一平安脫身，不管多遠他都要去萬應宮一趟。

事情辦完，他們加快腳步離開十三樓，走廊上的燈還亮著，所以他們很快的找到安全門，重新回到樓梯間。

而在安全門關上的那一剎那，他們不知道走廊上的逃生燈突然熄滅，在張家敞開的門邊，站了一個小小的身影。

有了手電筒，大家的腳步就變快了，至少可以明確地踩著階梯跟注意周遭異狀，四個人的腳步聲重重疊疊，噠噠地往上爬。

噠噠噠噠……噠噠噠噠……噠噠噠噠……噠噠噠噠噠噠……噠噠噠噠噠噠噠噠噠噠……噠噠噠噠噠噠噠噠噠噠噠……噠噠噠噠噠噠噠噠噠噠噠噠噠……噠噠……

小珮戛然止步，揚起手，示意大家停下！這一煞車害得婷婷撞上了她，Teresa 的鼻子也撞到了婷婷，大牛在千鈞一髮之際被小多咬住了褲管，沒往 Teresa 身上壓。

所有人都停了下來，不瞭解小珮為何突然止步。

噠噠噠噠噠噠噠噠噠……噠噠噠噠噠噠噠噠噠……噠噠噠噠噠噠噠噠噠……

當聽到腳步聲繼續在樓梯間迴響時，大家當下就明白了！

剛剛走時明明只有他們四個的腳步聲，她愈走愈覺得奇怪，聲音不但重疊的次數多了，接著還更重、也漸漸多了起來。

那紛沓的腳步聲在此時此刻聽來更加駭人，因為那全是小孩子在樓梯間奔跑的足音，而且恐怕有十幾個……不！是幾十個小孩子！

『誰做鬼？抓到誰就要做鬼喔！嘻嘻嘻！』

小珮開始慌亂，她再也無法鎮靜，試探性地攀住扶把往下一瞧，她瞧見了樓下黑壓壓的一大片孩子群，正往樓上逼近！

「天哪！」她簡直快哭了，「那群孩子真的被召喚來了！孩子們起了共鳴！」

「什麼意思？」Teresa 睜大銳利的雙眼。

「童鬼召喚了所有因施虐而死的小孩！這些孩子什麼都不懂，他們對大人只有恨，他們只想讓大家知道他們很痛，所以要用同樣的方法讓大人理解！張太太就是被他們活活嚇死的！」小珮說話完全亂了章法，「一個已經很難搞定了，現在把附近所有含怨而死的靈魂都召來了，我們、我們……」

我們該怎麼辦！小珮終於忍不住地蹲下身去，一咬唇，眼淚隨即迸了出來！

她沒有辦法處理這種狀況！因為孩子天真，發起狠來會特別殘忍，直線思考的方式，用說的也聽不懂——尤其大人同他們說這些，更加無用！

「小珮，妳別這樣，妳嚇到我了！」婷婷趕緊摟住小珮，「妳鎮定點！一定會有辦法的！」

小珮的淚珠愈滾愈凶，她拚命地搖頭，眼看著孩子隨時會衝上來，她能怎麼辦？她根本不會收妖伏鬼啊！

『不要跑喔！抓到了要當鬼喔！』樓下的孩子們，傳來陰慘慘的笑聲。

摟著小珮的婷婷也開始哭泣，看見這樣無助的小珮，她知道大事不妙了！如果連小珮都無能為力，那他們怎麼辦？Teresa 站在原地，雙腳微微發抖，樓梯間迴盪著令人發麻的笑聲，還有千軍萬馬般的足音。

大牛握緊手電筒，看著三個女人，然後看了小多一眼。

「小多，你留在這裡保護她們！你是男生，要懂得保護女孩子，知道嗎？」

小多汪汪兩聲，搖了搖尾巴。

「大牛？」小珮聽出他話中有話，愕然地看向站在樓梯間的他。

「你們快往上去，到十七樓把源頭關掉！我相信妳，小珮，我一直都相信妳！」大牛深吸了一口氣，把手電筒塞給 Teresa，「下面那群小孩子，由我來解決！」

「什麼？！」婷婷驚呼出聲。

「他們需要一個大人分心，這種事當然就由我來了！」

大牛竟劃上一抹笑，然後頭也不回地奔下樓去。

「大牛——」

這沒什麼嘛！為了保護同事、保護朋友，保護他一直滿有好感的婷婷，他犧牲一下下，也是值得的！

男孩子本來就該保護女孩的喔，小多！

「汪汪！」

第六章．意外

「大牛！大牛——大牛……天哪，嗚嗚……」婷婷眼睜睜看著大牛自她眼前奔離，她竟拉都沒拉住他！

「我們快走！」小珮吃力地站起身子，「別浪費了大牛給的機會！」

他相信她能夠把源頭關掉，她就必須拚了命去做到！她並不是捨棄了大牛，而是他捨身救了她們！小珮咬著牙，拉過婷婷跟Teresa，加快腳步往樓上奔走，樓下依舊傳來孩子往上嬉鬧的足音，還有大牛沉重往下走的腳步聲。

「大牛能拖多久？」Teresa在後頭問著，「那麼多厲鬼跟一個大牛，不是很快就會把他撕開了嗎？」

「Teresa！別說那麼可怕的事！」婷婷摀起雙耳，她不想聽！

「我說的是事實！」Teresa根本不想理婷婷，這個除了哭就是找小孩的女人！「小珮！妳判斷呢？」

「我不想判斷這種事，我只想快點找到源頭，阻止所有事情。」她其實已經上氣不接下氣了，連手都開始發抖。

而樓下依然沒有多大的動靜，更可怕的是，小孩子的足音消失了，只剩下大牛沉重往下的腳步聲。

到了十六樓半，手機鈴聲突然悅耳地響起！三個女人同時尖叫一短音，然後目光看向小珮胸前的錦囊——那是她的手機。

「手機……不是被攔截了嗎？」婷婷指著錦囊，嚥了口口水，「他們不會故意要讓你看大牛的慘狀吧？」

可是樓梯間還沒有聽見任何聲音啊！小珮凝視著錦囊，還是毅然決然地把它打開，邊拿出手機邊叫她們往十七樓移動！

她本來要進入十七樓再接電話的，但是當她一瞄到手機螢幕的來電顯示時，整個人因為錯愕及欣喜而停下了腳步！

手機的來電顯示清清楚楚地顯示著：「小美。」

「小美？那個童鬼叫小美？」婷婷湊上前，害怕地抓緊她，「不要接！求求妳！」

「小美是我男朋友弟弟的女朋友……她是個絕緣體！」小珮簡直不敢相信有這種事，她飛快地接起電話，「小美？！」

對方也是3G手機，所以手機裡呈現出一片熱鬧，還有一個幾何圖紋的髮帶髮圈！

『小珮姊，妳看！妳上次跟我說的是不是這個圖案啊？我在板橋的路邊攤看到了耶！一個才一百元！』

說著，鏡頭移動到整個攤子的髮圈，『老闆說我多買會算我便宜喔！哈哈哈，妳要哪幾種啊？』

「小美！陳小美！」這個時候她哪有心情挑髮圈啊！她真沒想到絕緣體的小美，竟可以打電話進來！「妳快找正宇！跟他說我說這裡麻煩大了！」

『啥？』螢幕裡終於出現一個女孩子的臉蛋，『麻煩？什麼麻煩？』

「我這裡有一大票小孩子厲鬼！我被困在大樓裡出不去，而且厲鬼又召喚了更多……」

『好好好！不要跟我講那種複雜的！我打給正宇哥就是了……奇怪，小珮姊，妳幹嘛不自己打？』陳小美狐疑地眉頭都揪在一起了。

「因為靈魂是一種電波，它能透過電子產品、電話及手機攔截所有訊號，如果我們能打早就打了！」婷婷一把將手機搶過，「妳快點打電話就是了！」

哇靠！這麼凶？陳小美委屈地咕噥著，怎麼這年頭連陌生人都比她懂得靈界事項啊？

「小美，要立刻打！妳記得跟正宇說，我開了兩條酆都的路，耗費了靈力，記得要他告訴我該怎麼辦！」小珮發現自己的手持續顫抖，這次卻是因為喜悅。

『OK！叫正宇哥打給妳就對了！』小美還眨了個眼，氣得婷婷再度搶過電話！

「妳要去正宇哥那邊！因為妳是絕緣體才打得進來，要是能互通電話，我們幹嘛還要妳打啊！」

『……好啦好啦！』陳小美嘛起了嘴，怎麼愈來愈凶啦！『我馬上聯絡正宇哥！要不要我請幾個守護靈過去保護妳？』

「打電話……小美……」小珮有點無力。

陳小美吐了吐舌，把電話切掉後，還非常惋惜地看了一眼路邊攤，跟老闆說好晚一點可別收攤，她有時間會再來光顧一下。

奇怪咧，賀家人天天處理鬼怪亡靈已經是司空見慣的事了，她記得小珮姊也很有一手啊！怎麼今天看起來很嚴重的樣子？唉，她還是警覺性高一點，先打給正宇哥比較重要。

陳小美一撥通手機，就是賀正宇既焦急又不耐煩的臉，他不知道陳小美沒事打給他幹嘛，他正在為了嚴重的塞車跟鬼打牆而懊惱，因為消防車跟警車全進不去小珮所在的辦公大樓，搞得交通一團亂。

結果小美含混加亂七八糟地說明與小珮的通話狀態後，讓賀正宇當下感激涕零！

『小珮還跟妳說些什麼！』他緊張萬分地追問。

「沒啦，就說一大票惡靈……被虐待而死的小孩子惡靈，然後召喚更多惡靈……反正那邊有一大堆、一大堆小孩的惡靈！」陳小美有解釋跟沒解釋差不了多少，「正宇哥，小孩子也有惡靈喔？誰跟他們有深仇大恨啊？」

『這個妳該去問把他們虐殺而死的人，究竟跟孩子有什麼深仇大恨。』賀正宇嘆了口氣，早上才叫她辭職，晚上就出事！『妳在哪裡，我過去接妳！』

「我在板橋買髮圈啊，好可惜喔，我剛好看到好喜歡的、還有上次小珮姊說——」

『陳．小．美，事情搞定我買一打給妳！現在他媽的給我說清楚妳的所在地！』

「我在板橋文化路上。」陳小美偷偷努了努嘴，今天怎麼一個比一個凶。

『站在郵局那邊等我，手機給我拿緊，一有狀況絕對不許妳漏接。』

「是！」小美掛上電話，好像真的出大事情了，該不該告訴阿娜答呢？算了算了，每次講這種魍魎鬼魅的事啊，才開口說一句話，她男友都認為是她招惹人家！不公平！

外頭的支援算是有了著落，樓梯間三個女人微微鬆了一口氣。

「呵……婷婷，看不出來妳也滿專業的嘛！」小珮對剛剛的電話聯絡直覺得好笑。

「呃，沒有啦！手機的事妳提過啊，後來妳說她是絕緣體，我想是因為這樣她才能打給妳！」婷婷不好意思地笑了笑，「我第一次聽到人家這時候在逛街有點火大！」

「噗……小美不清楚啦！就說她是個徹頭徹尾的絕緣體了！」真想不到，正因為絕緣體，所以連厲鬼都沒辦法阻止她打來的線路嗎？真是厲害！

「這也算是專家吧？她這樣簡直是通行無阻！說不定可以請她來救我們！」Teresa 想得更深入，露出一臉期待。

「呃，這個別想太多！小美只是看不見、感覺不到，但她沒有鎮鬼的能力！她只會傻傻地帶我們走，然後厲鬼在後面抓我們走她都不會知道。」這個才可怕吧？她見識過幾次，深深在絕緣體跟陰陽眼哪種比較好之中矛盾。

大家沉默下來，這種好像也不大好喔？其實聽剛剛的對話就知道了，這種空間裡如果有小美那種人，大家應該會非常的累。

因為一時的輕鬆氣氛讓大家和緩許多，但是也因此她們這才注意到，連大牛的腳步聲似乎都消失了！婷婷緊張地握住扶把向下看，所有的黑影或人影全都沒有，鴉雀無聲！

突然遠遠傳來重物落地聲，然後是大牛的哀嚎聲！婷婷急欲回身，卻被小珮一把拉住。

「別回頭了，那已經不是我們能控制的了！」小珮堅決地拉開安全門，「我們該做我們的事了！」

進入十七樓，一切的開端！

由於靈遊過，所以小珮精準地知道王家的地理位置，出了安全門後，得往右邊走廊走到底，再向左拐個彎，跟辦公室的位置一樣。

非常巧合地，王家的大門一樣敞開，一副保證有事的模樣。

不一樣的是這裡地板沒亮起緊急逃生燈，這讓小珮非常狐疑，如果會亮應該是全棟都亮，哪有只亮十三樓的道理？如果只亮十三樓，那童鬼的用意就真的是擺明了引她去陷阱而已嗎？

手電筒在牆上晃動，黑夜裡看著閃爍不定的燈光，其實更叫人發毛。

就跟在漆黑一片的墓仔埔裡拿著手電筒亂照，比有路燈照耀的墓仔埔更可怕是一樣的道理。

因為你不知道，燈光下一秒會照到什麼東西。

王家跟張家不一樣，裡頭伸手不見五指的漆黑，三個女人鼓起勇氣在屋子裡探照行走，小珮直直走向小孩的房間，王家格局跟辦公室一模一樣，她方向感十分準確！

一走進房間，她就卡在門口，小心地用手電筒照亮房間每個角落。先照與門呈一直線的小桌子、小衣櫃、地上的娃娃車，然後床頭、枕頭、棉被……最後是擱在床上，一個用毛毯裹得好好的嬰孩。

「小嬰兒！」婷婷驚呼一聲，忘記害怕地往裡面奔去，彎身就抱起嬰孩。

只是她發現嬰孩有點沉重、有點僵硬，還伴隨著一股冰冷。

隨著小珮手電筒的照耀，她才發現懷抱的嬰孩正閉眼沉睡著，他的臉上掛滿淚痕，兩頰青紫得宛似石子般硬，而小小的嘴裡塞了一條小手帕。

孩子全身僵硬，早已經永遠沉睡了。

「不……不不——」婷婷看著死去的嬰孩，不可思議地哭了起來！

啊啊……她知道了！小珮無力地吁了口深深的長嘆，事情就是這樣引起的啊！這個嬰孩的痛苦成了生靈，發洩破壞，間接喚醒了該是長眠中的小女孩，而接下來嬰孩的死亡，驅使童鬼復甦，兩者的痛與怨合而為一，再吸收被打的王太太、或是仁仁被虐的負面想法，轉瞬間變成了厲鬼。

她的目的很簡單，就是停止痛苦，以及讓大人們知道他們的痛苦。

小女孩是被繼父活活鞭打致死的、小嬰孩是母親將自身痛苦轉嫁到他身上，這兩種不同的怨與恨，一旦相結合，那可是什麼類型的大人都不會放過。

尤其是……施虐者。

「婷婷，把孩子放下，我們離開這裡！」小珮喚了她，「他已經回天乏術了！」

「嗚嗚……太殘忍了，竟然在小嬰兒口中塞手帕！這不是厲鬼做的對不對！就是妳上次說的王太太對吧！為了讓他不要哭，卻害死他了！」

「是啊，那王太太呢？」最後面的 Teresa，不安地環顧。

沒錯，如果她是小嬰孩，一旦有了力量，第一個找的應該就是長期打他的母親吧？小珮後來進去硬拉了婷婷走，她才依依不捨地放下屍體，涕泗縱橫地跟著往外走，她們繼續在屋子裡搜尋其他的人影。

這棟屋子裡沒有鬼魂、也沒有厲鬼，可是似乎也沒有人影。

來到廚房，手電筒的燈亂照著，婷婷扶著牆沿著往前走，先是摸到掛在牆上的湯匙、然後是廚櫃……嗯？她手停了下來，剛剛介於掛鉤與壁櫥間的是什麼東西？

「怎麼？」小珮照著流理台，連血跡都沒有！

「這裡有東西！」她像晚上摸黑找電燈開關似的探索，「好像是……鼻、鼻子？」敏銳的指尖一摸出是人類的五官，婷婷頓時嚇得往小珮的方向奔去，連 Teresa 都僵住不動！

小珮狐疑地將手電筒移向牆壁，因為婷婷反應很奇怪，如果那邊卡了一個人，她早該撞到，而不會是摸到！

等三支手電筒聚焦時，她們看到了這輩子想都沒想過的奇異景象。

地上坐了一個人，而他的背靠著牆，與其說靠著牆，不如說他是鑲進牆裡來得恰當！

稍早之前，小李曾經以這樣的面目出現過，但那時他是個鬼魂，絕不是個活生生的人！

男人的背部沒入水泥牆中，由側面看來，手臂有一半都進了去，整顆頭像被牆給吞沒似的，自後腦勺一路吞到耳朵消失，瞠目結舌地與她們對望著！那模樣渾然天成，彷彿水泥牆未乾時，就擺了一個人進去般自然。

因為沒有碎石、沒有裂痕，王先生就這麼與水泥牆融在一起。

那不是人類能做出來的行為，或許王先生臨死前的表情，就是這麼嘶吼著的吧！？

「怎麼……那是什麼？」婷婷握著的手電筒抖得可厲害了，「他是怎麼被弄進去的？」

「我可不想知道！」Teresa 回頭瞥她們一眼，大聲喊了起來，「還不快走！」

兩個女生被她這麼一嚇，也趕緊拔腿就跑，小珮一時無法理解這種死法是怎麼做到的，不過她大概能理解為什麼死的不是施虐的王太太，而是王先生！

因為孩子們知道，一切都是因為王先生打老婆引起的，要不是王先生家暴，王太太說不定也不會把氣出在嬰兒身上！

她們一路狂奔出安全門，在平台上猶疑地該往上還是往下，但有鑑於樓下恐怕已是血海戰場，她們決定繼續往上走，奔到第十八樓的頂樓再做打算！

可是才跑十幾階，Teresa 突然拉住了小珮！

「咦？」小珮停下步伐，在梯階中央回過了頭。

就在那一瞬間，Teresa 忽地一把抓住她頸子間的紅繩，用力一扯，把小珮身上所有的護符及錦囊全部扯走了！

「這個東西既然這麼靈驗，當然留給還能活著的人！」Teresa 緊握著所有護身符，「妳已經體力不支，與其跟著妳冒著五五波的生命危險，不如讓我一個人得以百分之百存活！」

「Teresa！妳在幹什麼！」

「不——」小珮伸手要搶，她得搶下錦囊！那裡面有手機啊！

Teresa 用力推了小珮，讓她向後撞上了婷婷，緊接著她飛快地奔下樓，她要靠著這些護符，一路逃到一樓，趕緊離開這個可怕的地方！

被撞倒的婷婷摔在樓梯上，手肘撞上階梯邊緣，因此只能眼睜睜地看著小珮撞過她之後，直直往樓梯下滾去！

嬌弱的身軀一階一階的滾落，林珮雯最終跌落在十七樓的安全門口，原本靜止不動的她，散落的長髮裡，緩緩流出紅色的鮮血。

她不會捨棄任何人……可是任何人也不該捨棄她啊！

「小珮——」

樓梯間傳來悲傷的呼喊聲，卻沒有因此影響 Teresa 的步伐，她從剛剛就開始盤算，林珮雯這麼厲害，還擁有這麼棒的護身符，竟然自私到不肯分一點給她們，讓她們跟厲鬼周旋，自己卻可以全身而退！

不過她注意到小珮說的話了，她的靈力耗費了，臉色也愈來愈蒼白，加上在王太太家時她曾經反常暈倒、後來又無力地哭泣，她就知道林珮雯可能撐不下去！

她如果撐不下去，這些東西應該給她來用比較實際！

快跑到十樓時，她停下了腳步，發現四周環境太過安靜，一路上也沒看見大牛的屍體或是異狀，她先欣喜於護符的作用，然後沉吟了一下，轉身往安全門奔回辦公室的樓層。

林珮雯是陰陽眼的敏感體質，連厲鬼都知道要先找她，或許之前是礙於這些護身符的關係不敢近身造次；但現在沒有了呢？要是她是鬼，這時候不攻擊更待何時？

趁著所有人都在樓梯間，她為什麼不光明正大地坐電梯下去呢？電梯都有備用電源，Teresa 試著按了按扭，果然看見電梯上樓的數字跳躍。

如果只有她平安逃出，她還得想一套說詞應付，不能讓別人知道她把林珮雯跟姚婷婷扔下，對於同事她很遺憾，但人不為己天誅必滅，她可不想枉死！所以她得編織一個動人的故事……把自己當成林珮雯般的通靈者好了！

電梯到了，Teresa 興奮地看著緩緩打開的電梯門，裡面自然空無一人，她得意地踏進電梯裡，然後按下一樓的樓層鈕。

裡頭只有備用電源，所以燈光也非常微弱，再怎麼樣一個人坐電梯已經有點可怕了，更別說她現在在厲鬼環伺的狀態之下；Teresa 力持鎮靜，靜靜看著樓層燈一樓一樓往下。

然後電梯裡，出現了嘻笑聲。

Teresa 一開始以為自己聽錯了，但是她注意到銀色電梯門的不規則反光，那裡好似倒映出一個小小的人影……是好多個小小的人影！

她瞪大了眼睛往下看，一瞬間，整個電梯全塞滿了小孩子！

『嘻嘻！阿姨，妳要去哪裡？』Teresa 被小孩團團包圍住，他們甚至拉著她的裙角，『不可以逃跑喔！這樣是不對的！』

「哇——哇——」Teresa 緊張地按下下一個樓層的按鈕，但電梯卻急速地下降著，「停啊！怎麼不停！」

『阿姨，妳看！』她跟前的小男孩高高地伸出小手，立刻變成焦黑一塊，『媽媽說我不乖，用火幫我消毒！』

『阿姨！看我看我！』另一個小女孩把裙子掀了起來，她的小腸通過陰道掛在雙腿之間，『那個叔叔一直用東西插我，好痛……我痛死了！我的比較痛！』

『才不呢！阿姨妳看我啦！』

「哇呀呀呀——不關我的事！這都不關我的事！」護符為什麼沒效！為什麼？！眼看著樓層都在七樓了，她拚命地按著六樓，「停啊！停啊！」

電梯依舊沒停在六樓，但是在每個小孩爭相比著自己的死相跟誰比較痛時，卻在四樓停了下來。

Teresa 幾乎是連滾帶爬地爬出電梯外，她的高跟鞋掉了一隻，踉踉蹌蹌地摸黑前進，甚至連手電筒似乎都掉在電梯裡了！她什麼也顧不著，哭叫著離開電梯。

而電梯裡的孩子們只是看著她，並沒有人繼續追出來，然後電梯門緩緩關了上。

『她不是我們的……』隱隱約約地，小孩們說了句 Teresa 無心聆聽的話語。

她也忘記，童鬼當年是在四樓被活活打死的。

「嗚嗚……嗚嗚嗚……林珮雯這個死女人！騙子！」Teresa 爬到一根柱子邊，動手把身上所有的護符都丟掉，「賤女人！」

她該怎麼辦？護身符沒有用，她又離開了她們，現在剩她一個人了！手電筒呢？Teresa 慌張地尋找，才發現可能也掉了。

對！手機！她還有手機！Teresa 手忙腳亂地把手機翻出來，趕緊開機，還好她沒聽林珮雯的話，有把手機給帶出來。

為了以防萬一，她還是把剛丟掉的一個護身符撿回來，跟手機一起緊緊握著，然後打電話給男朋友求救。

她手機也是 3G，但男友還沒換，所以她當然得把話機靠在耳邊聽。

幸運地電話撥了出去，來電答鈴後，電話終於通了。

「喂，阿文！我是 Teresa！我跟你說，我被困在我辦公室裡了，你快點報警來救我！」

『阿姨，妳很不聽話喔！人家都告訴妳，我們是一種靈波了，電話怎麼打得出去呢？』女孩子的童音，切實地從話筒另一端傳來！『而且啊，那個阿姨也說過，這些護身符是用她的本命去配的，對妳沒用耶！』

Teresa 瞪圓了眼，她顫抖著手把手機緩緩放下，擱在掌心裡，那螢幕裡果然顯現出一個清秀小女孩的模樣，衝著她微笑。

「妳、妳到底想怎樣？我又沒有害妳！」

『阿姨，男生真的比較好嗎？為什麼我是女生就不行？爸爸都說女孩子沒用，好疼好疼，弟弟喔！』她無辜樣的眨了眨眼，『阿姨妳也是女生啊，為什麼妳還會覺得女生不好呢？』

「我、我從來沒有覺得女生不好啊！女生很好啊！」Teresa 緊張地想說服童鬼。

『可是妳跟別人說，我是男生。』小女孩的笑臉，在瞬間消失了！

「……不！不是這樣的！我隨便亂說的！」Teresa 慌亂地死命搖頭，「我根本看不見鬼魂、我不是陰陽眼，我也看不到妳，怎麼會知道妳是男是女！」

『可是，不是不能說謊嗎？還是阿姨妳希望可以看見我？』小女孩逼近了螢幕，那雙眼翻白，陰惻惻的，『如果阿姨看得見，就不會說錯了對不對？』

「什、什麼意思？」Teresa 下意識問著，雖然她根本不想知道什麼意思！

只見小女孩突然後退了些，她伸出小手，比了一個勝利的 V，然後劃上一個令 Teresa 打寒顫的笑容。

下一秒，她的兩根手指瞬間衝出手機螢幕，直抵 Teresa 的雙眼！

『鬼能透、透過手機？跟鬼來電一樣嗎？』

『妳不會想知道的。』

一片殷紅漫了開，這是 Teresa 最後所見的景象。

第七章・媽媽

遠處傳來淒楚的慘叫聲，婷婷嚇得要死，但是卻沒有逃離！因為她面前還有著另一個更需要幫助的人。

「小珮，妳別嚇我！小珮，妳醒一醒！」她哭著叫喚，但是從髮間滲出來的血告訴她，小珮的頭撞到了！

不過血沒有一直漫流，只流出了一點點，但既然是從頭部流出，再怎樣都不是好消息！婷婷不敢移動小珮的身子，深怕她有骨折或是頸部扭到，一移動就會造成大影響。

她沒有想到 Teresa 會這麼做，雖然在生死存亡之秋，人都會有強烈的求生意志，但是犧牲別人只為自己得救，未來良心能安嗎？還是……只要活下來，以後再說？

她做不到！她做不到啊！

「怎麼辦……手機、手機也被拿走！小珮，妳告訴我要怎麼辦啊！」恐懼侵佔著婷婷的理智，她幾乎已經陷入了一片絕望。

只是哭沒兩聲，她就明顯地感受到一陣壓力逼近，戒慎地左顧右盼，她聽到了一個孩子奔跑的足音，直直往樓上奔來！

天啊！不、不要！婷婷即使害怕，眼神卻沒法移開樓梯，腳步也動不了，只能直直地望著樓下，還有漸近的腳步聲。

有個人跑了上來，一個小男孩，毫不猶豫地跑向她。

「仁仁！」婷婷一見到仁仁，趕緊張開雙臂擁抱了他，「仁仁！你沒事！你沒事吧！」

「唔……好緊喔！」仁仁被婷婷抱了個滿懷，有點幸福地笑著。

「對不起對不起！阿姨好害怕！我快嚇死了！」婷婷一把眼淚一把鼻涕的，仔細檢查仁仁全身上下，「你有沒有傷到哪裡？有沒有可怕的東西傷害你？」

拉開袖子，婷婷卻看見清楚的瘀傷。她不捨地搖著頭，再飛快地檢查他的四肢及身體，果然除了臉之外，都有瘀青。

「這是什麼？誰打的？」婷婷帶著憤怒搖晃著他，「仁仁，你老實跟阿姨說，阿姨會幫你！」

仁仁面有難色，然後蹙起了眉，「是爸爸……我不聽話，爸爸就會用手捏我、用衣架子打我。」

「還虧他是老師！這叫管教孩子嗎？！」婷婷簡直是義憤填膺，「你應該早跟阿姨說的！阿姨會找爸爸算帳！」

「嘻……我知道阿姨對我最好！」仁仁笑得開懷，在婷婷臉頰上香了一個。

那個香吻，有點冰涼。

「仁仁，你有回家去嗎？這段時間你躲到哪裡去了？」婷婷很想再拿顆糖給仁仁，可惜她身上沒有了。仁仁搖搖頭，然後走到小珮面前。「這個阿姨怎麼了？」

「她摔下來了……我現在不知道該怎麼辦！」婷婷忽地想到對她們不利的狀況，「仁仁！聽阿姨的話，你找個地方躲起來，千萬不要隨便出來！因為這裡有好多好多……呃，可怕的壞人！」

她不好跟孩子講鬼怪，免得嚇哭他。

仁仁噘起嘴，沒點頭也沒搖頭，只是扯了扯婷婷的袖子。

「婷婷阿姨，妳記不記得那天在樓下，我跟妳說的悄悄話？」仁仁露出點赧色，相當可愛。

「呃，記、記得呀！」連婷婷都跟著臉紅起來。「其實我很開心喔！」

「我是說真的喔，仁仁不說謊！」仁仁瞇起眼，很開心的模樣，「婷婷阿姨，妳做我的媽媽好不好？」

他的媽媽……婷婷立刻想到張太太頭破血流的屍體，仁仁的媽媽已經過世了，這孩子未來將沒有母親，這麼可憐的孩子。

「可是仁仁，你本來就有個媽媽了，所以婷婷阿姨當乾媽，好不好？」婷婷溫柔地摸摸他的頭，奇怪，仁仁會冷嗎？怎麼身體都冰冰的。

「可是媽媽都不理我啊！我被爸爸打時，媽媽都不說話、都讓我被打！」仁仁委屈地嘟起小嘴，「我要一個會幫我的媽咪，好不好嘛，當我媽咪嘛！」

其實仁仁不說她也知道，那天在大廳裡張先生那強勢的模樣，而張太太明明知道仁仁被虐還幫丈夫掩飾，親手打死自己子女的家長或許很令人匪夷所思，但是眼睜睜看著自己另一半殘虐孩子的父母親她也無法諒解。

「仁仁……」婷婷一千萬個願意，但是她得機會教育，不能抹煞張太太的存在。

「如果婷婷阿姨答應的話，他們就不會抓妳們當鬼喔！」仁仁突然瞇起眼，笑開了顏。

婷婷的笑卻僵住了，她彷彿被一道雷劈中一樣，仁仁在說什麼？誰是「他們」？又為什麼要抓她們當鬼？

「我跟他們保證說，妳是好大人，絕對不會傷害我們，對我好好呢！所以他們答應讓我跟在妳身邊！」仁仁說得驕傲，志得意滿，「妳剛剛在我們家前面時說怕黑，仁仁就幫妳點燈了、這個阿姨被欺負時，我也給妳薄荷糖喔！」

仁仁……他知道自己在說什麼嗎？為什麼他身體那麼冰冷？為什麼他可以這麼鎮定地出現在這裡？

「仁、仁仁……告訴阿姨，你怎麼了？」婷婷帶著恐慌，還是伸手探向仁仁，「你受傷了嗎？有沒有哪裡痛？」

仁仁側了頭，很認真地想了一下，眼珠子還轉呀轉地在思考似的。

「我不記得了！爸爸打我時，我不小心撞到櫃子的角角，然後就通通不記得了！」仁仁指了指太陽穴邊，「這裡有點痛痛的！」

餘音未落，鮮血流下仁仁的臉！

啊……啊啊啊！婷婷大哭起來，她用力抱過仁仁冰冷的身軀，原來仁仁已經死了、他已經死了！驅動怨靈的不是只有那六個月大的襁褓嬰孩，仁仁的靈魂也是其中一員啊！

「不要哭！不要哭！」仁仁扭動著身子，「阿姨不要哭嘛！仁仁好好的嘛！」

好好的？這孩子連自己已經死了都不知道啊！婷婷淚流不止，鼻子的酸楚無法抑制！都是她的錯，早在一個多月前，小珮發現王先生有虐待仁仁的跡象時，她就應該舉發的！

「婷婷媽咪，叫這個阿姨快點走吧！」仁仁突然改了口，「我跟阿雪說好了，她可以讓她走喔！」

「阿雪？」這陌生的名字，讓婷婷不舒服。

「就是很久很久以前，被她爸爸活活打死的女孩啊！她說她比我大兩歲、又比我死很久了，所以我要叫她姊姊！」仁仁用力地點著頭，「因為我知道媽咪妳喜歡這個阿姨，所以我要阿雪姊姊放她走！」

婷婷將眼神瞄向小珮，她現在昏迷不醒，要怎麼離開這棟大樓？而且仁仁一點都不知道自己在做什麼、或是在跟誰打交道，但是他說的話她一個字也沒錯過——他只是要讓小珮一個人走。

那她呢？她這位「媽咪」呢？

「阿雪姊姊不打算放過我嗎？」婷婷假裝震驚，卻柔聲地問。

「阿雪姊姊不會害妳的！大家都很想要一個很棒的媽咪啊！會疼我們、愛我們，不會讓我們被打得痛痛的媽咪！」仁仁說得一臉得意，「我的婷婷媽咪，是全世界最好的媽咪！」

一股霜寒般的凍意凍結了婷婷的心，她知道了……她知道這群孩子有多可憐了！有的是被母親所殺、有的是被父親所弒，不管親生非生，在孩子眼裡都是親人。

而被母親殺死的孩子渴望著有擁抱他們的臂彎、被父親殺死的，則希望母親能及時護住他們！這些孩子，到死都還是渴求著母親。

所以，待仁仁甚好的她，現在成了大家所寄望的母親。

她從來沒有想過，她能成為小珮的希望！

「乖孩子！」婷婷綻開慈祥的笑靨，摸了摸仁仁的頭，「可是小珮阿姨受傷了，她沒辦法自己走下去，媽咪得幫她喔！」

仁仁皺了眉頭，看來不是很願意！

「仁仁最喜歡媽咪的溫柔善良了對吧？這個阿姨幫媽咪好多忙，媽咪怎麼可以不幫她？」婷婷說之以理，用孩子的方式說著，「你去問阿雪姊姊他們，大家都是好孩子，不會希望我變成壞媽咪吧？」

仁仁睜亮雙眼，然後突然翻了個白眼，朝上方看著，沒幾秒鐘，他又恢復原來的樣子，衝著婷婷點頭。

「妳不是壞媽咪！我們一起帶這個阿姨走！」仁仁像是得到應允似的，很用力地點著頭。

婷婷盡可能地擠出笑容，她小心翼翼地確定小珮的頸子跟身體沒有骨折後，才將小珮攙扶起來，將頭繞過小珮的腋下，撐起她。

「電梯可以坐嗎？」婷婷問著仁仁，旋即又自己推翻，「算了，還是走樓梯比較保險。」

停電時坐電梯很不安全，她可不想卡在半路上。

仁仁在一旁唱著歌，歡欣鼓舞地雀躍，婷婷則攙著小珮，一步步吃力地往下走，從十七樓到一樓，有一段漫漫長路要走；然後她發現歌聲愈來愈重疊，不知何時，每一層樓都有陌生的孩子，雙眼載滿期待地等著她，然後再走到她身後。

這些都是所謂的惡靈厲鬼嗎？就是他們害死其他人的嗎？不、不對，小珮說這些孩子是後來才被喚來的，因此小李、王太太、王先生都是那個叫阿雪的女孩下的毒手……但大牛呢？

大牛就是被這群孩子殺掉的吧！婷婷難過地閉起眼，淚水緩緩滑落。

「媽咪，妳怎麼了？」一個陌生孩子，竟也喚她媽咪。

「咦？沒、沒事……我只是想到我的朋友，我覺得你們不該傷害人。」

「那為什麼他們可以打我們？」小孩子瞪大眼睛，狐疑地問著，「因為他們是爸爸媽媽，所以就可以打我們嗎？妳看我！」孩子別過頭，他的頭側邊沒有頭蓋骨，露出一小塊腦子，「我是被媽媽甩來甩去，然後頭破掉的！」

婷婷無法回答這些小孩，她沒辦法說出個道理，告訴他們不應傷害人類，但是為什麼他們的父母卻能殺害他們。

「殺害你們的大人都有錯，但是不代表這樣做是對的啊！」她只能想到這樣的答案，「就像王太太，她不該打自己的孩子洩憤，但是如果把她殺了也是不對的喔……對啊！王太太呢？我怎麼沒看見她！」

婷婷這才想起，如果這棟樓只有兩戶人家虐兒，那為什麼只死一個仁仁的媽媽，還有打老婆的王先生呢？所謂的始作俑者在哪裡呢？

「哦……那個人喔！」仁仁骨溜溜地轉著眼睛，他整顆眼球真的是翻轉了三百六十度，「那是小嬰兒的人，我們不能亂來啊！」

婷婷愣了一下，「小嬰兒的人？」

「是啊，他們應該在樓下吧！我們也不清楚！」孩子們不約而同地聳了個肩。

這麼說，王太太還活著？婷婷趕緊看向仁仁，「仁仁，那你爸爸呢？他應該是屬於你的人吧？」

只見仁仁露出嫌惡的神色。搖了搖頭，「爸爸還沒回家。」

謝天謝地！謝天謝地！張先生幸好還沒回家，那就別回來了，總是能逃過一劫啊！

「嗯……」肩上突然傳來呻吟聲，小珮的頭輕輕地動了。

「小珮！」婷婷喜出望外地停下來，不停地叫著她。

「嗯？我在哪裡？」天哪，頭好痛！小珮伸手按著自己的頭，「婷婷？」

「太好了！妳總算醒了！」婷婷將她扶坐下來，「我沒想到妳會摔下去，來不及接住妳……妳記得嗎？Teresa 把妳的護身符都搶走，再推妳一把，妳就失足跌下樓梯了！」

「護身符？」小珮趕緊按住胸口，果然連錦囊都被拿走了！啊啊，她隱約記起來了，Teresa 果然採取了自保，打算犧牲掉她們！「Teresa 她……唉！」

「沒關係，那個討人厭的阿姨，阿雪姊姊已經去找她了！」仁仁稚氣地說道。

他的聲音引起小珮注意，她一正首，發現樓上樓下那一大群的死靈，嚇得當場兩眼發直！

「婷婷！」她扣住婷婷的臂膀，想要往身後塞。

「小珮，妳別緊張，他是仁仁，其他人都是好孩子。」她一字一字說著，邊使著眼色，

「我是他們的新媽咪。」

咦？！這句話讓小珮白了臉色，婷婷是怎麼了？為什麼會突然當起這群小孩的新媽咪？姑且不論這件事怎麼起頭的，光是婷婷這樣自稱，就有多大的危險她知道嗎？

這群小孩怎麼可能會輕易放過她！

「妳是我的好朋友，所以阿雪——就是那個小女孩，答應要放妳走。」婷婷趕緊說明，

「妳受了傷，我得揹妳下去。」

「婷婷！妳知道妳在幹什麼嗎？妳答應了什麼？」小珮捧住婷婷的臉頰失聲吼著，

「妳答應了他們，他們會當真的！」

「我是認真的啊！」婷婷說著，聲音卻在發抖，「我願意當仁仁他們的媽咪。」

如果不這樣說，誰都走不了啊！婷婷反握住小珮的手，握得死緊，她期待她可以理解她的用意！小珮先是不可思議地皺眉，然後讓自己冷靜下來，頭痛得要死，但是她得仔細搞清楚昏迷時發生了什麼事。

最後，是尖叫聲打斷思考的！

小孩子們突然驚叫起來，然後一個接著一個的消失，就連仁仁也慌慌張張的，抬首看著婷婷，突兀地問了她一句：「婷婷媽咪，妳是不是騙人？！妳是不是大騙子！」

「什麼？仁仁，你說什……」婷婷丈二金剛摸不著頭腦，耳邊卻聽見了紛沓的腳步聲，這一次的聲音：是大人的！

不會吧！一票孩子靈已經夠棘手了，現在還多了大人嗎？小珮頭痛欲裂，她想不起會有哪種人被召喚，絕對不要告訴她被殺的同事們都被吸收做幫手啊！

腳步聲愈來愈近，小珮卻漸漸感受到一股氣息，那是股清新又強大的力量——她再熟悉不過的氣場！

「正宇！正宇！」她突然在樓梯間大吼起來，「我在這裡！正宇！」

婷婷被嚇了個措手不及，卻立刻聽到回應：「小珮！」

是人嗎？是小珮的男朋友來了！婷婷簡直是欣喜若狂，她讓小珮靠著扶欄坐好，接著三步併作兩步地衝下樓去，想先與賀正宇會合！

她拐了兩層樓看到了人影，除了賀正宇外，還有老房東跟張先生，這嚇得她倒抽一口氣！

「你們來幹什麼！」她第一句就驚恐地衝著張先生，「你知不知道很危險啊，那些厲鬼們等著找你算帳耶！」再瞪向老房東，「我很想讓你親眼看看那群厲鬼，看你還敢不敢說這棟大樓乾乾淨淨，但是你年紀大了，快點離開吧！」

「厲鬼！什麼厲鬼！」老房東依然故我，「我就要親眼瞧瞧，什麼厲鬼這麼厲害！」

「你們上來時沒瞧見嗎？樓下死了多少人？」

「我們坐電梯上來的，快到八樓時我覺得不對勁才改走樓梯！廢話少說，小珮呢？」

賀正宇俐落地打斷一切。

「在樓上！」婷婷旋身往上跑，「這裡非常非常多小孩子。全都是被虐而死的，他們想讓大人嚐到一樣的痛苦，所以……」

簡短地交代事情的前後，賀正宇對於這種怨鬼復仇的事情經驗不少，一下就能領會；現在最麻煩的就是，這群厲鬼是不知輕重的小孩子，天真是最可怕的武器！

「正宇！正宇！」小珮一瞧見賀正宇，立刻哭得泣不成聲，撲進他懷裡，「我好擔心該怎麼辦！我知道自己做不到……可是我不想再放棄任何人了！」

賀正宇先檢視小珮的傷口，雖然只是皮肉傷，但鬢邊已經全是血，她喊著頭痛，情緒跟著失控。

「放心！放心！妳做得很好，都撐到現在了！也讓孤魂野鬼知道妳的名字，連陰界鬼差都去找叔叔附了身，把事情的關鍵轉告給我了！」賀正宇趕緊安慰女友，「那個小女孩陽壽未盡卻先死，魂魄得在陽界飄飄蕩蕩，一直到該進酆都的時間為止。」

「什麼小女孩？我要去找我家仁仁！」張先生懶得聽一堆話，直想上去找孩子。

「仁仁已經死了！」婷婷氣急敗壞地衝著張先生開罵，「你把他往櫃角推，他撞傷了頭，已經死了！加上樓上王太太把自己的嬰兒給悶死，才會喚出惡靈！」

「妳說什麼？仁仁死了？仁仁好好的怎麼可能……他只是撞到而已，是他不聽話我才失手推他的！」張先生不可置信地看著婷婷，「妳這女人是不是在挑撥我們的感情？妳把仁仁藏到哪裡去？我太太呢？她怎麼沒阻止妳！」

「她死了。」被賀正宇扶起的小珮冷冷地說，「被一群孩子活活嚇到跳樓，從你家陽台跳下去，死了。」

跳樓？死了？被活活嚇死？張先生聞言立即刷白了臉色，向後踉蹌，不敢相信他所聽到的孩子過世、以及老婆的死法。

依稀中，他怎麼好像有看過類似的景象？

「那個死掉的小女孩叫阿雪，她已經殺死了不少人，我想她不打算放過任何一個大人。」小珮看向賀正宇，「現在他們認婷婷做母親，說願意放我走，可是……你懂的。」

賀正宇皺起眉瞥了婷婷一眼，這女人是怎樣，跟厲鬼打交道？

「妳說什麼？阿雪？」張先生忽地失聲喊出，「什麼死掉的小女孩？」

「就是這次最可怕的厲鬼，她是以前舊公寓的死者，聽說是被吊起來活活打死的。」

婷婷嗤之以鼻地說著，「所以她才要報復，她要讓所有大人都能瞭解被施虐的痛苦，還把一堆被虐殺的鬼魂一起喚來！」

只見張先生臉色益發蒼白，他緩緩回頭看向隔壁的老房東，他的父親。

「爸，阿雪不是姊姊的名字嗎？」

第八章・安靈祭

現場陷入一片驚駭之中，不是有什麼可怕殘忍的死屍又出現，而是來自張先生失口而出的話語：姊姊？

「她穿著粉紅色的衣服，頭髮到耳下，差不多八歲。」小珮趕緊補充說明。

「不——」張先生一陣哀鳴，在他幼小的記憶中，那吊在半空中的女孩子，血液與尿液同時滴落成一地，雙眼暴凸，死不瞑目的模樣，此刻全躍然於上！

小珮不得不倒抽一口氣，老房東就是當年那個殘暴的男人？而張先生竟是坐在沙發上那個小男孩？

有沒有這麼巧！她詫異地看向賀正宇，他卻向她眨了個眼。

小珮要所有人叫她的中文名字，就是要把名字傳出去，畢竟這棟大樓被厲鬼佔據，或多或少進入了鬼界，外頭遊蕩的孤魂野鬼就能聽見她的名字，這樣萬應宮的大師真要問過路鬼魅們她在哪裡，也比較好打聽。

接著她再開了路讓小李離開，鬼差們便知道她身處危險當中，再一會兒兩道幽魂回到酆都，消息輾輾轉轉，終於讓鬼差們上了叔叔的身，在萬應宮起乩之後，得到了答案。

女孩子應死年齡為八十六歲，靈魂得在人間飄蕩近八十年，所以還不到報到的時候；

下手打死她的是繼父張阿源，在她死後將她草草處理，爾後擁有公寓產權的岳父過世、她的生母接連意外死亡，整棟公寓的產權就落到了張阿源手裡。

然後他百般疼惜地將唯一的兒子養大，培養他當了老師，接著舊公寓拆掉重建，搖身一變成了這棟大樓的房東。

台南萬應宮一通電話上來告知，賀正宇立刻去找到房東，他兒子剛好在父親家喝茶，就一起帶來了！各人造業各人擔，該償罪時就該償還，少拿路人甲乙丙丁頂罪。

「你們怎麼進來的？我以為會鬼打牆。」小珮壓低了聲音。

「是鬼打牆啊！救護車、消防車加警車跟保全沒一個人繞得進來，我是多虧陳小美小姐才進得來的！」

「小美？她怎麼帶你們走進來的？」

「在她眼裡哪有鬼打牆啊？我讓她開車到樓下，再在她身上繫根繩子，順順利利走進來。」賀正宇舒了舒氣，「不過下次我寧願在這裡跟厲鬼周旋，也不想再坐她開的車！」

「噗！」難得小珮破涕為笑，「真是的！那小美呢？你沒讓她上來？」

「親愛的，妳希望場面更亂嗎？」賀正宇無奈地說著，每次只要陳小美沾上任何靈異鬼魅，除了兵荒馬亂跟製造麻煩外，從來沒有好下場！

「唔，說的也是！但這次能進來，也得多謝小美嘛！」小珮嬌滴滴地說著，有賀正宇在，她放心好多好多！

「我已經答應給她一打髮圈了！」賀正宇不耐煩地歪了歪嘴，有時候還真羨慕這種絕緣體，因為現在啊，他已經感覺到惡意逼近了。

「爸！你聽到了沒！那是、那是姊姊的名字！」張先生吼了起來，「我沒有忘記過，那個被吊在上面的女孩子！」

「幹！什麼姊姊！那又不是我的種！」老房東毫不客氣地啐了口口水，「你少在那邊給我亂認親戚！」

「不管怎樣，她都是姊姊，是媽生的！」

「那是你媽在我之前跟一個下三濫亂搞的，養那個女孩多浪費我的錢！」老房東意外地毫無懼色，對著空中大喊起來，「有本事妳就給我滾出來，我看什麼鬼不鬼的！」

此地不宜久留！賀正宇當下做了決定，免得這老頭子在這邊舊怨未了又結新仇，平常陳小美是白目挑釁，這老頭子卻是惡意，不管哪種啊，這種挑釁怨靈的行為非常不可取！

他一把橫抱過小珮，對婷婷使了個眼色，就往樓下走。

「等等！你們要去哪！」張先生眼尖，喊住了他們。

「逃命。」賀正宇簡潔俐落，回答得乾脆。

「走樓梯幹嘛？老子不是有三台電梯嗎？」老房東不客氣地往前幾步，推開安全門，「電梯有備用電源，走！電梯！」

小珮朝上望了望賀正宇，婷婷也狐疑地看向他們，其實就在惡意逼近的下一刻，賀正宇明顯地感受到惡靈的空氣壓瞬間消失，尤其是在老房東鬼吼鬼叫後，更是無影無蹤。

「我聽見哭聲。」小珮小小聲地說著。

「不會吧，到現在還怕他？」賀正宇詫異非常，這男人還真讓孩子恐懼到骨子裡去了！

不過轉念一想，現在跟著老房東，倒是萬無一失對吧？所以他一點頭，一票人全跟著老房東走，加上剛剛婷婷有提過八樓是一片血海，為了不讓冤魂纏上，還是坐電梯的好。

果然老房東所到之處是安靜無聲，別說靈騷現象了，賀正宇敢保證方圓十公尺之內都沒有一隻童鬼路過！

電梯順利到了一樓，他們飛快地步出，卻在陰暗的大廳裡殺出一個人影，嚇得賀正宇差點跌倒。

「怎麼？王太太？」張先生認出樓上的鄰居，有些訝異。

婷婷跟小珮迅速交換眼神，這個王太太……外表是王太太啦，但是王太太好像不會衣衫不整、面露青光，而且眼珠子還翻白得那麼徹底吧？

「為什麼要打我！」劈頭第一句，就是質問，「為什麼要打死我！」

張先生一怔，老房東也一愣，只有賀正宇等人默默後退，準備繞過旁邊那根柱子，先走為快！可是走沒幾步，大廳裡一叢接著一叢的童鬼突然現身，完全堵死他們的去向。

賀正宇這時喊了聲阿彌陀佛，他突然後悔沒讓小美在大廳等他們！

「哩系勒共啥？」老房東怒眉一揚，朝著王太太走過去。

「我問你為什麼要打死我！」這一次，是小女孩的聲音了！

老房東沒有忘記過那個聲音，當年他每天聽著，最多的話語就是：求求你放過我……

「妳是那個婊子？」老房東哼的一聲，冷冷地看著王太太，這就是傳說中的厲鬼附身嗎？也沒什麼嘛！

「我好痛！好痛啊！因為我是女孩子，所以你要殺死我嗎？」王太太恨恨地突然轉向瞪著張先生，「如果沒有你就好了！」

聲音一拔尖，王太太立定跳了起來，直直飛向張先生！張先生措手不及，根本來不及反應，眼看著指甲變得尖長，就要殺過來了！

說時遲那時快，老房東竟然趕上前一步，一拳擊中王太太的臉，將她打飛出去！

「哇靠！這老房東會不會太強？」賀正宇看了簡直嘖嘖稱奇，「力道這麼大、殺氣這麼重，難怪那個女孩會被打死！」

「我看到現在可能還怕他也不一定！」小珮感覺得出來，那女孩面對老房東時，沒有那麼強烈的攻擊性。

「她怕啊！阿雪姊姊怕死了。」冷不防地，仁仁突然現身，「剛剛她爸爸一進來，都快嚇哭了。」

「什麼嘛！都死了，想復仇還怕凶手？」即使知道這樣的做法不對，但婷婷還是為阿雪抱屈。

王太太撞上了地，身上跟著彈出一抹影子，童鬼立定躍起，以原本的姿態好端端地站在老房東及張先生面前。

「真的是妳！」憑藉著小時候的印象，張先生驚呼出聲。

「哼！敢在我的大樓裡假鬼假怪？」老房東的老眸可一點都不慈祥，還散發出當年的狠勁，「妳是不怕我把妳挫骨揚灰是吧！」

童鬼竟然一驚，銳氣減了一大半，一看到老房東，她就想到身上的鞭子、想到父親那雙眼睛、想到他的皮帶跟那近乎泯滅人性的殘忍。

「她的屍體在哪裡？」突然有人衝了出去，小珮一陣錯愕：是婷婷！

婷婷再也受不了這些孩子的遭遇、更受不了這老房東的行為如此令人髮指，還毫無愧色！甚至能讓殘殺許多人的厲鬼聞之喪膽，就可以知道這老房東有多麼喪心病狂！

「你知道她的屍體在哪裡，才敢這樣威脅她！」婷婷竟擋在面前，「把她的屍體交出來，然後你去自首！」

唉！賀正宇搔了搔頭，聽小珮說過這位婷婷非常有愛心，但面對一個殺人魔跟厲鬼，這種愛心實在很麻煩。他拿出準備好的礦泉水，在小珮身邊圈起水結界，逼得仁仁不得不後退，免得被傷害到。

「又一個肖仔！」老房東根本不把婷婷放在眼裡，「我們家的事妳少管！」

婷婷身後的阿雪既害怕又憤恨，她的臉轉趨猙獰，好不容易有個更年輕好用的身體，她要上了這個女人的身！

童鬼躍起，直撲向婷婷身後。

只是賀正宇更快，他灑出一道水，飛跳在婷婷與童鬼之中，燙得童鬼唉唉大叫，向後彈了一大段距離。

「礙事！礙事！」阿雪痛得流出血淚，「這些大人都是壞人！殺了他們！把他們殺了——用他們殺我們的方式殺他們！」

恨意頓時籠罩過來，要不是賀正宇有先見之明把小珮圈住，說不定先被撕裂的人是她。

「不行！婷婷媽咪是好人！是好人！」仁仁衝了出去。

「仁仁？仁仁！」張先生看到孩子，急忙想衝上前，賀正宇自然是攔下了他，不會看場合的人有夠多！

「騙人！她騙人！她心裡一直想要逃出去，她是故意騙你的！等到了一樓她就要逃出去！」阿雪的聲音愈來愈尖銳，「我讀了她的心！她是騙子！大人都是騙子！」

就知道有麻煩事！賀正宇拉過婷婷，從懷中掏出一串念珠，開始唸唸有詞，道行比較淺的童鬼立刻摀住耳朵，哀嚎而逃，但怨恨比較深的就沒那麼好搞了。

小珮戴上賀正宇剛遞過的護身符，也開始唸起經文，手上持著的是萬應宮一百五十年來最厲害的高人：阿蓮大師所加持過的念珠。

經文聽在童鬼耳裡震天價響，有的嚇得逃之夭夭躲在角落哭泣。

「閃啦！」萬夫莫敵的老房東再度登場，只見他手持掃把，直直走向阿雪，跟著就是一劈！

這樣的劈法對鬼沒有用，但是他的殺氣卻勾起了阿雪所有的恐懼回憶，她的銳氣幾乎消失，嚇得閃到一邊，整個腦子裡只映著當年被鞭打的情形；而其他孩子也被騰騰殺氣嚇得不敢動彈，全停止了動作。

「夠了！你太過分了！你殺了人沒伏法已經很過分了，事到如今還這樣傷害他們！」婷婷怒不可遏地擋住老房東，「至少一個道歉！至少一個理由，讓孩子知道你只是失手、讓她釋懷啊！」

蹲在角落的阿雪潸潸落淚，血淚染紅了她的臉，她的確想聽見父親的一聲關懷啊……只要說一聲他不是故意的、只要給她一個擁抱，她要的只是這樣而已啊！

老房東瞅了阿雪一眼，那橫眉豎目別說童鬼想殺，連賀正宇都想開扁了。

「不是自己親生的，殺死了又怎樣？」老房東語出驚人，「我才無所謂咧！幹！」

啊啊……啊啊啊……啊啊啊……啊啊啊啊……啊啊啊啊啊……孩子的哭聲同時響起，那是既絕望又悲痛的哀嚎啊！

「你還是人嗎？」婷婷的淚水沒流得比童鬼少，「你根本不是人！」

「囉哩囉唆！閃啦！」老房東一肚子火，一揮手竟把婷婷打飛出去！

「婷婷！」小珮驚叫，克制不住地衝到賀正宇身邊。

「我受夠了！」賀正宇再也忍無可忍，他決定幫這些厲鬼先教訓這個老頭子，再把他們解決掉。

『媽咪……』仁仁呆然地，喊出了這兩個字。

『媽咪……媽咪……』孩子們看著倒地的婷婷，喊出親暱的稱謂。

『媽咪……那是我們的媽咪！』童鬼們緩緩地看向老房東，雙眼燃燒出火紅的光芒，『你怎麼可以打媽咪！你怎麼可以打媽咪！』

就連阿雪也愕然地看著起身抹去口角鮮血的婷婷，然後回首瞪向老房東！老房東被這罕有的氣勢微微震懾住，卻還是不改態度地對著一群童鬼咆哮。

『不可以打媽咪！你不可以連媽咪都打！會痛！媽咪也會痛！』

『你不知道很痛，你從來都不知道很痛！你沒有感受過，你都不知道——』孩子們開始團團包圍住老房東，不管他再怎麼凶狠，也沒有人退卻。

因為他傷害了他們的母親，即使母親當年不曾對他們伸出援手，他們還是渴求母親溫暖的懷抱……還是要保護母親啊！

張先生完全呆掉，要不是賀正宇硬把他拖走，他還傻傻地待在那裡等著一起被扯爛！張先生看著父親被包圍在中心，所有孩子失去了可愛的樣貌，每一個都成了可怕的厲鬼，朝著父親身上撕、啃、咬。

「爸——爸——」張先生呼喊著，被賀正宇摀住了嘴。

「他自己造的業自己擔，你的部分逃不過，但也別拖我們下水！」他一步步緩慢地退，不敢驚擾到殺得血紅的童鬼們。

由阿雪領軍，她伸手往空中抓下一條皮帶，皮帶邊全滾著利刃，她躍起鞭下、使勁地鞭著，把當年的痛與怨，全部藉由這個動作轉達回給老房東知曉。

其他的童鬼們只是包圍著、看著，其實都讓阿雪一個人做，她咬下老房東的手、撕開他的胸腔，奮力地把他肚內的腸子、內臟全刨了出來，她口中喃喃不止地哭喊著：『痛了吧！痛了吧！知道什麼是痛了吧！』

賀正宇原本想帶著大家一起走，但是不少童鬼盯著他們不放，尤其是站在小珮身邊的婷婷，更是他們熱切目光的對象。

「我現在怕他們殺紅了眼，連我們都不放過。」賀正宇說起悄悄話。

「我們離門口還有十公尺，很近，跑得掉的。」小珮說了，還指指他手上的礦泉水瓶，「更何況你還有水可以做結界。」

賀正宇偷瞄門口一眼，的確是剩不到十公尺，問題是這群小鬼會飄會動好嗎？要是這麼容易，他早就跟逛大街一樣出去了！他把手中念珠掐緊，偷偷扯斷了線，但還是握緊它們，不讓珠子散去。

雖然他們很可憐，但屠殺就是不該，他只得依法辦理。

不清楚老房東後來剩下哪幾塊，童鬼阿雪果然睜著凶殘的紅眼，倏地回眸指向他們——『把他們也殺了！這些人都一樣！我弟弟也一樣，他會打仁仁！』

「這就不是我在說了，你爸都把你姊打死了，你現在還在打小孩？」賀正宇不忘轉頭斥責張先生，「你們一家都有病吧？」

廢話不能再說了，賀正宇喝令大家轉身就跑，雖然沒多遠，眼看著庭園就在面前，但是這些童鬼們還是使用瞬間移動到他們面前，毫不留情地意圖攻擊。

小珮先打了結印，逼得前頭的童鬼後退，隨後拿出念珠，朝他們甩了又甩，讓他們節節後退！

至於身後那一大票的軍團，則交給賀正宇的八卦鏡，他將鏡子拿在手上巡迴照著，能滅幾個是幾個，剩下的等逃出去再說！

奔到了鋪滿碎白石的庭園，厲鬼們仍窮追不捨，婷婷因為緊張過度而絆了跤，賀正宇趕緊打開瓶蓋，將一張符紙壓住瓶口，跟著把水給灑了出去。

被水灑到的鬼們哀鴻遍野，他們的身子正被融解，淒厲的叫聲不絕於耳。

「婷婷！快點！」小珮喊著，衝過那對面的兩盞路燈時，一隻童鬼從後頭撲了過來。

小珮根本來不及反應，賀正宇也只顧著解決後頭的追兵，但是那童鬼突然被什麼東西擋住似的，完全跨不過來！

小珮鎮定心神，立刻看到左邊的路燈、再看到右邊的路燈……那隻童鬼似乎就卡在這裡——這兩盞路燈是結界？！她沒想到只是風水的陳設，竟然蘊含了這麼大的玄機！

那清新的氣流、溫暖的光芒，全都是集這棟大樓的正陽氣場於一身的地方啊！

「正宇！快過來！這裡有結界，可以擋住他們！」小珮放聲大喊，張先生同時也奔過了路燈。

「早說嘛！」賀正宇揚起笑容，只要站在結界外面，就可以輕鬆地殲滅這些惡意亡靈了！塵歸塵、土歸土，該下地獄的也該上路了！

他快步後退，退出了路燈的結界外，繼續將殘餘的水給潑灑出去，這次還加強了符法咒語，讓那些童鬼們痛不欲生，慘叫聲此起彼落！

而剛剛斷線的念珠則執在手裡，他在等待著始作俑者。

「婷婷！妳在幹嘛？」小珮發現婷婷還趴在地上，看著那群哭嚎的童鬼們蹙眉！

『嗚嗚……媽媽！好痛！好痛啊！』幾個融解中的孩子哭喊著母親。

呼喚媽媽的聲音引起共鳴，童鬼刺耳的哭聲響徹雲霄，而阿雪看著自己被融去一半的手臂，帶著未竟的殺意，目標還是那目睹她活活被打死的弟弟、那個備受疼愛、還幸運長大成人的弟弟！

「婷婷，快點過來，我要除靈了。」賀正宇雙眼認真凝視著阿雪，他看得出來她正在蓄積不該有的邪氣。

「除……靈？」婷婷對這名詞既陌生又錯愕。

「正宇要把佛珠鑲進她頭裡，讓她形神俱滅……不這樣阻止不了她的！」事到如今，阿雪只會愈來愈糟，已經沒有清醒的一天了！「這威力很驚人，妳快過來，免得被上身了。」

婷婷聞言，趕緊站了起來，她離路燈屏障只有兩步距離，即使是阿雪也無法攔下她；她回首看向遠處的角落裡蜷縮的仁仁，從老房東生氣開始，他就怕得不能動彈。

「過來吧！」張先生伸出手，拉住了婷婷。

同一時間，阿雪發狂似地朝著張先生衝了過來！賀正宇拿下刻有「佛」的念珠，就要把握那一剎那，鑲進她的前額裡——

「不——」

婷婷竟甩開了張先生的手，回身迎向已變形的阿雪，然後張開雙臂緊緊地抱住了她！

小珮忘了叫出聲音，賀正宇也呆然地看著阿雪骨狀的雙手穿過婷婷的胸膛，而張先生甚至已嚇得踉蹌在地。

「沒事的！媽媽在這裡……妳是好孩子，妳只是很痛而已啊！妳真的只是很痛而已！」婷婷感受到心臟與肺臟被插入，但還是極度溫柔地撫摸著阿雪的頭，「爸爸不會再打妳了，因為媽媽在這裡，媽媽會抱著妳……沒事了，不會痛了！」

被婷婷抱著的女孩，漸漸恢復了原貌，她的頭髮變得黝黑柔順，臉上變得乾乾淨淨，每次哭出的血淚，轉化為清徹透亮的水晶淚珠。

「媽媽……媽媽！」她抽出雙手，緊緊回擁著婷婷，哭得泣不成聲，哭得令人動容般的委屈！

「媽媽！媽媽！」附近所有的童鬼們全部湧上，哭喊著擁抱，所有的邪氣與恨意正迅速地消失。

賀正宇開始唸起超渡咒語，那聲音平穩，世界變得一片安詳，他要超渡的是婷婷的靈魂、還有其他未曾殺人的幼小靈魂。

不管是什麼厲鬼，他們的身影最終都漸漸消失，在婷婷漸暗的眸子裡，她向仁仁伸出手，但是仁仁卻遲遲沒有過來。

大廳的燈一盞盞亮了起來，小珮身邊的路燈也亮了！警車聲由遠而近，每一層樓的電力恢復了正常，這棟大樓重新流動著溫暖清新的氣息，一切都跟以前一樣。

除了躺在路燈邊，那再也醒不來的婷婷以外。

「她用她的母性救了孩子們。」小珮無法抑制淚水，鼻子一酸，偎進賀正宇懷裡。

「這是我看過最棒的安靈法。」賀正宇若有所思地說著，但犧牲一條命來安靈，值得嗎？

消防車與救護車終於抵達，尖銳的警笛聲鳴得令人不舒服，他們衝進來時發現根本沒有失火，但是庭園中有一名死者，還有一對相擁而泣的情侶，以及一位臉色蒼白的男士。

最後，從樓梯間走下來的是，一跛一跛的大牛。

尾聲

事情發生一個月後，一切恢復正常，不清楚發生什麼事的人，依然過著如舊的日子；水質恢復透明清澈、水管再也沒有聲音，一切都像沒發生過事情一樣。

不過十七樓的住戶也陸續搬走，而「實用設計公司」今天也正式搬家，沒有人想在這塊傷心地繼續下去。

首先是業務小李被發現塞在九樓的馬桶水箱裡，一個月來都沒人發現，發現時根本已經被蛆全部灌滿，除了頭之外根本分不清楚哪裡是哪裡，這種令人髮指凶行，警方正在調查當中。

然後還有五名員工現在正在休養，他們在八樓樓梯間被發現，每個人都昏迷不醒，醒來後不停地做惡夢，一直嚷著有可怕的小孩鬼、虐待他們、殘殺他們！

不過事實證明除了有人扭傷之外，他們幾乎毫髮無傷，只是精神有點受創，接下來只等時間讓一切回復。

而十三樓張太太墜樓身亡，種種跡象顯示她是自己跳樓自殺的，可是她的身上有許多抓痕，左方乳頭甚至被咬掉，根據警方研判，那抓痕是小孩子的手、可是哪來那麼多小孩子？

最令人匪夷所思的是十七樓的王先生，他整個人被鑲進水泥牆裡，當鑑識人員來鑑識時，除了灌水泥時把王先生塞進去外，不可能有其他方法能讓人體與水泥融為一體。

警方出動了鑽鑿機小心翼翼鑽出屍體，驗屍官驗屍時徹底跌破眼鏡，因為王先生的屍體裡竟然有水泥，而且像液體一樣完全滲透並包覆住有鑲入牆的器官，好像水泥原本就在身體裡似的。

當然還有已經完全認不出來的房東肉條，這棟大樓所有的死者，警界們都知道應該不是人力所為，對外說會偵辦，但大家都知道這件事會不了了之。

阿雪的屍體當年被張阿源託人燒掉，骨灰罈就放在家裡的倉庫裡，小珮知道後只有難過，凶手離她那麼近，她卻不敢直接下手，那恐懼真的是滲骨了！

至於大牛，他除了小腿骨折之外，完全沒有大礙！他說他去找那群童鬼時，其實嚇得皮皮剉，而且孩子們瞬間就包圍了他，還有人一把將他推到樓下去，才害得他摔斷了腿。

然後出現女孩子的聲音說：這個是男的，就該死。

他原本閉眼等死的，誰知道突然一陣金光閃過，小多竟擋在童鬼們面前，阻止他們的殺戮！最令他訝異的是，童鬼們似乎能與小多交談，他們最後放過了他，理由是因為「愛狗的都是好人」。

他不清楚這句話怎麼成立的，但是孩子們愛狗、他也愛小多，這應該算共識了吧？

「這是你好心有好報！」小珮抽空去看大牛，他離職了在家休養，腳上裹著大石膏。

小珮當然即刻離職，她輕微腦震盪，靠近太陽穴的地方裂了個口子，縫了三針，現在屬於休息狀態。

「小珮，小多還在嗎？」大牛緊張地問，不停地左顧右盼。

「牠在孩子那邊。」小珮的目光落在角落，一群趴在母親身邊睡覺的小可魯。

「是嗎，好爸爸！還看顧著孩子們！小多！聽得見嗎！你最棒了！」大牛大聲對著狗兒們說。

小珮微微一笑，她很高興大牛是這樣的好結果，相較於 Teresa，可就沒那麼輕鬆了。

Teresa 在四樓被發現的，她並沒有被殺害，阿雪剜出了她的雙眼，眼珠子到現在還沒找到；她去精神病院看過她，Teresa 持續驚恐地尖叫著，求她把魍魎鬼魅全都趕走，她知道錯了，請他們不要纏著她。

小珮知道，Teresa 現在真的是陰陽眼了。她已經比她還可以更清楚地看見亡靈，只可惜她的精神承受不住這樣的打擊；至於她對手機萬分恐懼這點，她就不是很瞭解了。

婷婷的死因判定是心臟麻痺，沒有外傷，葬禮簡單隆重，來了很多朋友，包括牽著仁仁來的張先生。

事發下午張先生的確有動手打仁仁，但仁仁當時只是昏了過去，被張太太送去醫院，然後她在回來準備衣物時被童鬼們的「愛」給逼死；而同樣被虐待的仁仁被呼喚過去，以生靈的姿態回到大樓裡，跟其他童鬼們嬉戲，然後保護他最喜歡的婷婷。

結果婷婷當了別人的媽咪，沒來得及當他的。

「仁仁還好嗎？」大牛關切地問了。「聽說送到阿姨家了。」

「嗯，至於仁仁的爸爸，張先生則在做心理治療，一個禮拜看仁仁一次，等治療完全了，或許他們就可以住在一起了。」

「我不懂，既然張先生都親眼看著姊姊被活活打死，為什麼長大後還會打小孩？這種豈不是惡性循環嗎？」

「這是原生教育的可怕啊……」小珮感嘆著這無形的潛移默化。

所謂原生家庭就是一個人出生及成長的家庭，原生家庭塑造人的個性，影響人格成長、人際關係、管理情緒的能力，以及對人與人之間情緒互動的瞭解，甚至談戀愛時，總是不自覺看上某種特定類型的，也會受到原生家庭不同背景的影響。

而自幼看著父親打姊姊的張先生，以為自己不會變成那樣，但事實上在潛意識裡，這個性格已經深植在個性中，一旦仁仁犯了錯，他會不自覺地動手，走上跟父親一樣的路！

即使一再地告訴自己不能對孩子動手、但是卻無法控制當年父親留給他的烙印！這次的事件讓他後悔莫及，他幾乎快忘了那個被打死的姊姊、也沒有想到多年之後，姊姊的死靈未曾安息，還間接地害死了他的老婆。

一切的回憶湧現，他想起了殘忍的父親、無辜的姊姊，上一代造的孽延燒到下一代，差一點點，他就要踏上父親的覆轍！所以他想改變，他知道心理治療可以改變自己的性格、讓自己對仁仁更有愛心與耐心，讓自己不會動不動就施暴！

只是小珮擔心的是……仁仁已經六歲了，在人格定型期不停被打的他，未來會不會又是殘虐另一個小孩的元凶呢？

「結果，竟然剩下我們。」想到犧牲的婷婷，大牛就禁不住掉淚，「婷婷她真的太善良了，那些小孩子有她做母親，真的很幸福！」

「……我原本打算，不再扔下任何一個人的。」小珮也長嘆了一口氣，沒想到變成這樣。

「是我們放開妳的手的，妳不要介意。」大牛緊握住她的手，「我為了保護妳們、婷婷為了保護孩子，Teresa 是自私的逃離，妳從來沒有捨棄過任何人，都是我們主動放開的！」

小珮看著大牛，她原本想忍住淚水的，再怎麼緊咬著唇還是哭了出來，她曾經有三個朋友的靈魂被禁錮住，後來進入了精神病院！她每次都想著，如果能早點正視自己的能力，說不定可以幫助她們的靈魂返抵身軀！

因此這一次，她才希望可以完整地救到每一個人，不再重蹈覆轍啊……結果這一次，有人連生命都賠上了。

「對不起！對不起！對不起！對不起！」小珮嗚咽地哭著，持續不斷地道著歉，跟著整張臉都埋進了掌間。

「謝謝妳……謝謝妳！謝謝妳！謝謝妳！」大牛也哭著，任淚水恣意橫流。

後來賀正宇來接走了小珮，大牛也跟他們說好，等腳一好就要親自到萬應宮去拜拜，順便見識一下阿蓮大師。

小珮噙著淚水道別，由賀正宇開車，一路返回台南郊區，萬應宮。

阿蓮說小珮最近仍有劫難，不過屬於小劫，因為這次的事件會引來一些麻煩的孤魂野鬼，因此最好乾脆回台南住一陣子，讓阿蓮直接把麻煩解決掉。

賀正宇當然同意，敏感的小珮遇上這種事，心情難免低落，最好換個環境讓她開心開心，所以他把重要角色全叫上了。

「小珮姊！你們好慢喔！」萬應宮門口，站著陳小美。

「我先去看朋友才下來的嘛！」一見到小美，小珮的眉間舒了舒。「妳這個髮圈很好看耶！」

「嘿，感謝正宇哥贈送！」陳小美吐了吐舌，有點尷尬地看了眼走近的賀正宇。

「妳還敢講！當初不是說好一打的嗎？」賀正宇一踏進廟裡就看向一旁涼涼喝茶的男子，「賀昕宇！你這女朋友還額外買了十條項鍊！」

「啊誰叫你們要麻煩她？」身為弟弟的賀昕宇，當然站在女朋友這邊。「有本事就自己破鬼打牆！」

「去你的！有女人沒兄弟！」賀正宇叨唸幾聲，「阿蓮咧！我馬子放在這邊她要保護耶！」

「舅舅！」裡頭跑出一個七、八歲的女娃，興奮地往賀正宇身上撲去！

「阿蓮乖！愈長愈大了，真可愛！」賀正宇抱起了她，親暱地捏了捏她的鼻子，別懷疑，這位阿蓮大師，正是一百五十年來難見的高人！「幸好大家疼阿蓮喔，要不然像阿蓮這種人要是變成童鬼，那多可怕！」

「你少亂說話！」小珮白了他一眼，上前一步，「阿蓮啊，妳知道小珮姊的事吧？能不能幫小珮想想辦法，幫那些孩子們消除一些業障呢？」

「妳只能抄經文啦！」阿蓮聳了聳肩，「可是那個阿雪孽障很深喔，誰叫她要濫殺無辜，她幾世都修不完！」

阿蓮是天生的高人，對於陰陽鬼界非常拿手，但或許正是小孩子，跟那些童鬼一樣，一就是一二就是二，對於鬼魅，她從來不會像他們一般同情心過剩或是優柔寡斷。

「好，那我就來抄經文，能減少一點是一點。」小珮當下做了決定，每天都抄一遍。

「我幫妳！」賀正宇摟過了她，知道這樣能讓她好過些。

「我有空時也幫忙抄好了！」賀昕宇也開了口，「算了，我直接幫妳抄一百遍經文就是了。」

「謝謝你們！」小珮綻開久違的笑靨，由衷希望能為那些孩子們盡點棉薄之力！

「那我也要我也要！」陳小美蹦蹦跳跳地高舉雙手，來到男友身邊，「可是學長，抄經文是幹嘛的？」

眾人不禁翻白了眼，嘴巴全抿成一直線，然後重重地嘆了口氣。

「我去泡茶了！」叔叔上次鬼差上身後，一直覺得身體很虛，懷疑鬼差偷走他的陽氣。

「我懶得理妳。」賀正宇沒好氣地拉過小珮，到一旁坐下。

「妳就行行好，別鬧了好不好？」賀昕宇哀求起自己的女友來了，「不懂就別寫了，我真怕妳隨便一寫把人家寫進十八層地獄裡！」

「喂！我是好心好意耶！你們怎麼一個個都……」陳小美嚷嚷地喊屈，卻發現旁邊站著一個小女孩，用很凝重的眼神瞧著她。「幹、幹嘛那樣看我啊，死阿蓮！」

「唉……」一聲長嘆，來自阿蓮大師嘴裡，「小美姊姊，妳先把自己的事搞定吧！」可愛的小女孩，搖著頭往裡頭走去。

「喂！阿蓮！妳給我站住，妳現在那個臉是怎樣？」

「桃花劫啊……」

「學長，什麼是桃花劫啊？」

「桃花劫就是……什麼？妳有桃花劫？妳是不是背著我交男朋友？」

「我哪有！」

萬應宮裡熱鬧非凡，讓小珮得以重展笑顏，她現在只能衷心地祈禱，婷婷能夠光環加身的升天，而所有孩子的遺憾能夠弭平。

最重要的，希望不會再有孩子因為父母的虐待而死亡，不會再有小小的生命還不及嚐盡人生的酸甜苦辣，就在恐懼與悲苦中結束短暫的人生。

她這麼祈禱著。

王太太撕開膠帶，封好衣物的箱子，噙著淚再裝另一箱。

她根本不記得發生過什麼事，只知道在醫院甦醒，她的丈夫死狀奇特地被鑲在廚房的牆上，然後大樓裡死了很多人。

至於她，把手帕塞進自己孩子的嘴裡，一個疏忽，害得孩子窒息而死。

她只記得不停地打孩子，然後就失去了意識，醒來後被拘捕、上了新聞，還被下了個令人髮指的殘忍母親標題。

她不懂……孩子是她生的，她為什麼不能掌控他的生死？他是她的分身耶！是她給他生命的，幫她分擔痛苦是理所當然、就算她要他死也是應有的權利！

為什麼要評判她？為什麼要陷她入罪？今天是親人交保，讓她得以先處理那該死的丈夫的後事，才能暫時自由。

「王媽媽！」房門口，突然傳來聲音。

王太太抬首，愕然地看著站在門口的孩子，是十三樓張家的仁仁！這孩子也是可憐，母親自殺，爸爸現在又在接受心理治療。

「仁仁！怎麼跑回來了？」王太太招手，把他招到床邊。

「今天爸爸接我回來玩啊！」仁仁好奇地東張西望，發現王媽媽把家裡收得好乾淨喔！「今天是約定日！」

「哦，是今天啊！爸爸現在對你很好吧？」真看不出來，為人師表也會虐待孩子。

「嗯！爸爸現在都不會生氣，也不會打我了！」仁仁用力地點頭，側了側頭，「王媽媽，寶寶呢？」

王太太臉色一沉，要不是童言無忌，她還真想摑仁仁一巴掌。

「寶寶出去了，沒住在這裡了……王媽媽也要搬家了！」王太太笑著說，心裡不大高興。

「真的嗎？」仁仁狐疑地噘起嘴，「可是寶寶不是就在這裡嗎？」

什麼！王太太驚跳起身，被仁仁的話給嚇著了！什麼叫寶寶還在這裡？現在是大白天的，這孩子胡說八道什麼勁？該不會腦子一撞，撞出神經病來了？

「小孩子不要亂說話！」王太太厲聲斥責著，拿著東西往外走去。

仁仁小跑步跟了出去，在廚房看見鑿開的洞，好奇地站在凹洞面前。

「這是什麼？」他指了指牆。

「沒什麼。」王太太懶得理她，洗個手又要回房間打包。

結果仁仁一步上前，擋住了王太太的去向，小手還伸成大字形。

「妳不能走喔，王媽媽！」仁仁笑了起來，雙眼瞇成一條線。

「你在說什麼啊！」

「我現在跟小寶寶共用一個身體，我就可以幫他說話了啊！」仁仁眸子裡終於閃出一絲邪氣，「王媽媽，他很痛！妳怎麼可以一直打小寶寶的臉？」

王太太瞪大了眼睛，真該死！這小孩去哪裡聽到這些的？他現在說這些是什麼意思？該不會是張先生指使他來的吧！她一咬牙，打算把仁仁攆出去，抓住他的手就往外拖。

誰知道仁仁一閃，害得王太太踉踉蹌蹌，幸好扶住了一旁的牆才沒摔倒。

「你這死小孩！」動手打人的個性興起，王太太揚起了手。

然而仁仁卻推了她一把。

喀——嗑嗑喀喀——王太太感覺到一股冰涼從後腦灌了進來，她感受到有東西擠壓著頭骨，然後裂開……接著有東西緩緩流了進來，把她的腦子、頸子後端、身上每一吋都塞得滿滿的。

仁仁把王太太的兩隻手都給推進牆裡，再把她的腰與臀整個推進去。

「這樣就不能打小寶寶囉！」仁仁很開心地笑著，一臉鬆口氣的模樣。

水泥流到眼窩，王太太的眼珠一寸一寸被逼出體外，先裂開的是視網膜、然後是神經線斷裂，最後水泥塊成功地佔據眼窩，王太太的兩顆眼珠子被擠了出來，垂掛在眼眶外。

不過她還沒死，但她的聲帶被水泥堵住了，所以無法將痛徹心腑的感受嘶喊出來。

她終於知道，她那個鎮日打她的丈夫是怎麼死的了！

「好安靜喔！這樣真好！寶寶以後都不怕被打了！」仁仁在旁邊跳起格子來。

「可是會不會又有很多警察叔叔來啊？」他在自言自語，然後一個人講了好久，終於下了決定。

他吃力地把王太太的下半身全部推進牆裡，然後搬了椅子，再把王太太的上半身一寸寸地推進去。

王太太痛苦地掙扎，也只有一下下。

最後，仁仁跳下椅子，把拔掉的眼珠子也一起塞進牆裡，然後滿意地看著光滑的白牆，很開心地揮了揮汗，綻放一個天真無邪的笑容。

「好棒喔！壞人不見了！」仁仁再度自言自語起來，「我們應該回去了，爸爸會擔心！」

「寶寶，我現在有好爸爸了，可是我沒有媽媽啊，我的婷婷媽媽被帶走了！」

「你也想要新媽媽嗎？好啊，那我們再找一個新媽媽好了！」

番外之一・愛子

她一直喜歡孩子，希望當一個好老師。

看著一張張天真爛漫的臉龐，在她面前歡笑，彷彿她擁有無數個孩子一樣，她有一種身為母親的喜悅。

這也或許是一種心理補償，因為她曾失去過孩子。

但是她有這份自信，可以將小愛化為大愛，造福更多的孩子們，給予他們更多的愛。

「來！蘋果班的小朋友們！」明惠用甜美的聲音高喊著，「我們一起往紅色的溜滑梯走喔！」

一群連走路都走不穩當的小小孩子們聽話移動，他們的腦海裡只想著玩溜滑梯這等興奮之事。

「欸！不可以喔！不可以進去！」明惠趕緊及時揪住想開始大玩特玩的小朋友，「我們等一下可以玩很久很久，但是現在要聽老師的話喔！」

她把孩子安置回隊伍裡，這一票十數人的小朋友，平均年齡只有四歲。

「大家以後要叫我惠惠老師喔！」明惠掛滿笑容，清了清喉嚨，「各位小朋友好！」

「惠惠老師好——」小孩子的聲音此起彼落，不協調地可愛。

「很棒喔！我們等一下要在這邊跳舞，跳完舞我們就要去我們的小屋喔！」所謂小屋，不過是教室的別稱，但是小孩子是童話式思考，小屋一定比教室可愛得多。

明惠盡量地把孩子放在陰影下，其他班級的老師還在整隊，這個私立幼稚園的人並不少，只是蘋果班的人不多，畢竟還太小，有的家長還不放心把孩子放到學校來。

尤其北部與南部大有差異，之前在北部工作時，蘋果班人數可觀，而且最好是有教雙語的幼稚園更為吃香；而南部這兒阿嬤阿公都很樂意帶孫子，通常到大班才會有比較高的比例人數出現。

但是她喜歡這樣，她覺得孩子要有孩子的樣子，雖然蘋果班只有十三人，但是她希望這群小朋友可以擁有快樂的童年時光。

明惠開始記孩子的名字，才十幾人非常好記，每個小朋友也各具特色；那個一直在作弄女生的叫豪豪，皮得要死，才一進門不到半小時就被她糾正無數次了；還有很活潑一直講話的叫玲玲，才四歲，像個小大人。

不過要說最吸引她注意的，應該是一直悶聲不響的……嗯？明惠翻了翻點名本，再狐疑地數一下人數，十一、十二、十三……十四？奇怪，十四個？怎會多一個小朋友？

「妹妹！妳今天穿得好可愛喔！」明惠蹲到了穿著米黃洋裝的小女孩面前，「妳叫什麼名字？老師怎麼找不到妳的名字呢？」

清秀的小女孩正眼根本不瞧明惠一眼，只顧著往右前方的棕色樓房看，那是大家的午休教室、玩具間跟廚房，也算得上是幼稚園的重心四層樓房。

「妹妹？誰帶妳來的呢？可以跟老師說嗎？」明惠覺得有點奇怪，怕生的孩子她不是沒看過，但是這女孩並不像是怕生，是不大想理她？

「……」女孩終於把眼神移到她臉上，「阿公。」

「阿公啊？那阿公呢？」明惠往外圍眺著，外頭這麼一堆家長，她很難去尋找。

「阿公回去了！今天有工作，很忙很忙！」女孩用稚嫩的童音說著，還從編珠小包包裡拿出一張紙，「阿公說給老師看的！」

明惠接過紙條，裡面是強勁的字跡，寫明因為時間作業上來不及，只得先把孫女送過來報到，其他事宜容後再補，末了寫上了小女孩的名字。

「令葑蓮。」她喃喃唸著著罕見的姓氏，與奇異的字。

「阿蓮！我是阿蓮！」女孩眨著分明的鳳眼，很認真地望向著明惠。

「呵呵，好！阿蓮！我是惠惠老師喔！」明惠溫柔地朝阿蓮笑笑，其實很訝異阿蓮眼神底下蘊含的成熟度。

先撇開那穩重的態度不談，她說話很有條理，雖然還有童音混在裡面，可是感覺很像是個小學生了。

早熟的孩子也遇過，不過阿蓮還給她其他奇特的感覺。

中班的恬恬老師過來跟她說大家都整隊完畢了，她趕緊把孩子拉出外頭一點點，跟著廣播器響起的音樂，帶著孩子們做蜜蜂操。

太陽很大，小孩子們都被曬得紅通通的，不過他們還是很開心地手舞足蹈，學著以後都要跳的蜜蜂操；唯有那個阿蓮，她堅持站在溜滑梯底的涼蔭下，說什麼都不出來。

她不會罵她，也不逼她，做完操後就帶著孩子們往教室走去。

「阿蓮，怕太陽嗎？」明惠撐了一支傘，走到身邊，「我們該回教室去囉！」

阿蓮抬起頭看了明惠一眼，露出孩子應有的笑容，鑽到傘下，跟著她一起回到他們的蘋果小屋裡去。

幼稚園很大，但大部分都給孩子們戶外遊戲的空間，教室主要也只有兩棟而已；位在門口的那一棟樓是老師辦公室跟行政區，樓上則是中班、大班還有托兒的教室，一共七間。

而另一棟四層樓的小樓房，一樓是廚房跟餐廳，二樓是蘋果班跟小班聚集地、三樓是全校的午睡教室，四樓是備有許多玩具的遊戲間。

才上二樓，阿蓮突然停住不動，往身後看向走廊底，廁所的方向。

「阿蓮？怎麼啦？想上廁所嗎？」

「那是什麼？」阿蓮皺著眉頭。

「那是……廁所啊！男生跟女生的廁所喔！」明惠笑著，外頭被她們佈置了許多卡通人物，難怪會吸引孩子的注意。

「我是說，外面那團黑黑的是什麼？」阿蓮抬起手，手指指向了廁所門口。

黑黑的？明惠有些愕然，哪有什麼黑黑的東西？她們幾個老師合力做了巨大的向日葵、米老鼠跟米妮，全都是色彩鮮豔的看板，完全沒有黑黑的東西啊！

「阿蓮，沒有黑黑的東西啊！」明惠彎下身子，「如果是說那個腳丫子啊，那是米老鼠的鞋子喔！」

阿蓮還是凝視了廁所好幾秒，再轉過頭來看向明惠，她用一種很凝重的神態盯著她，接著微微噘起嘴唇。

「如果是我，我絕對不會想靠近這間廁所。」她煞有其事地說著，一字一字，讓明惠聽了有些不安。

「為、為什麼？」她在問什麼啊？在問一個孩子的童言童語？

只見阿蓮深吸了一口氣，再有點無奈地吐出，接著拉緊書包，一回身就往教室的方向走去！

「嗳！阿蓮！別跑！」明惠趕緊起身，這孩子怎麼亂跑，她又不知道教室在哪一間！

當她追上去時，她看見阿蓮恰巧停在教室的後門口，小小的頭低垂著，不知道在看地上的什麼東西。

「哇！阿蓮好聰明喔！這就是我們的小屋耶！」明惠拍拍手，永遠不忘讚許孩子。

阿蓮卻轉過頭，吃力地昂首看向她，小臉上寫滿不高興，嘴唇噘得快可以吊上三斤豬肉了！嗳呀呀，這孩子怎麼了？誰惹她了？

「這裡真是有夠不乾淨！」

小孩子的童語突兀地傳進明惠耳裡，她愕然地看著小阿蓮往面前那塊空地踩上去，還低吼了聲「滾開」，接著一甩書包就逕自進入了教室裡。

而不知道為什麼，明惠卻對這小孩子所說的話感到不安，她甚至回首看了走廊底的米老鼠們，想像著阿蓮口中所謂的黑影……

她在幹什麼！怎麼會把一個小孩子的話當真？

明惠用力搖了搖頭，怪自己被一個小孩子牽著鼻子走，趕緊打起精神，端出最慈祥的笑容，準備開始一天的戰事——帶蘋果班，可是一場硬仗喔！

在過去，明惠一直認為自己帶這群幼兒是易如反掌、得心應手，不管多皮多害羞的孩子她都可以掌握得宜！但是這份自信，在開學第一天就有被瓦解掉的前兆。

問題就出在那個女孩子：阿蓮身上。

不管她多認真地教大家玩遊戲、教小朋友玩，甚至自我介紹，或是氣氛熱鬧到最高點，阿蓮永遠就只是坐在位子上，用一種很不耐煩的神色看著教室某個角落、瞪著窗外，然後交纏著手指自言自語。

她過去關心很多次，阿蓮都不怎麼回應。

「嗯……我們還有誰還沒自我介紹呢？」明惠發現她竟然開始怕這個孩子，「阿蓮？就剩下妳還沒有介紹喔！」

萬一她拒絕怎麼辦？她要現在立刻逼她說嗎？還是應該把她跳過？

正當明惠這麼想的時候，阿蓮站起來了！她站得直挺挺的，一雙眼睛骨溜溜地四處張望，也看著其他期待中的小朋友。

「哈哈，她的包包好好笑！」豪豪這皮小子，指著阿蓮身上的彩珠編織包大笑著。

「好俗喔！跟我阿嬤的好像！」嬌生慣養的玲玲坐在阿蓮旁邊，露出一臉嫌惡。

「不可以這麼說人家！」明惠趕緊阻止，孩子們不懂事，但說出來的話有時更傷人。

「這是婆婆編給我的！」阿蓮認真地把小包包拿到手上，圓形的小包包用彩色的珠子編成很亮眼的圖案，「這個一點都不好笑！」

「哈哈哈，是婆婆，一定是很老的婆婆！」豪豪繼續指著包包大笑，笑得很故意又很誇張。「婆婆編的包包醜死了！醜死了！」

「豪豪！不可以這樣笑人！」明惠有點不高興了，這些小孩實在被慣壞了。

「沒關係啦，隨便他們笑啊！」阿蓮突然提高了分貝，一臉正經八百，「等遇到鬼時，這個包包很有用的！」

一瞬間，整間教室鴉雀無聲，連誇張地捧腹大笑的豪豪都噤了聲，瞪大眼睛看著阿蓮！坐她身邊的玲玲也直起身子，像被電擊到一樣的抖索著。

「阿蓮……」明惠無力地出聲，她不能承認她也被嚇到了。

「什麼鬼？哪有什麼鬼？」果然有小朋友開始害怕了。

「我跟你們說喔，二樓的廁所不能去，那邊有很可怕的東西，這些人去了會有危險的！」阿蓮根本沒在理全班益加恐懼的神色，「還有四樓的玩具間、門口進來那邊的一樓，最好通通不要去！」

「阿蓮！不可以亂說話！」明惠出聲喝止了，班上已經開始傳來哭聲，她急著去安撫被嚇到的孩子，「阿蓮！妳坐下！不要再講話了！」

阿蓮一怔，她覺得被罵得有點無辜，再度嘟起嘴，很生氣地坐了下來。

明惠不知道該哭還是該笑，因為豪豪不再調皮搗蛋、玲玲也不再一直想講話，可是全班多了恐懼的氣氛跟不絕於耳的哭聲。

到後來還鬧到沒人敢去上廁所，非得她親自進入廁所、還帶隊進去後，才勉強解除部分孩子的疑慮。

不過這一鬧，幾個小時後又變成「阿蓮是大騙子」、「根本沒有鬼」、「阿蓮說謊話」這樣的結果。

忙得她一下制止這位、阻止那位，簡直是搞得雞飛狗跳，最後還得把阿蓮跟大家隔開，單獨到中班去給恬恬照顧一下。

「明惠！聽說妳今天開工第一天就很慘啊！」

好不容易捱到午休時間，明惠在廁所裡偷閒，恬恬笑吟吟地走了進來。

「別說了，我頭好痛！」明惠撫著太陽穴，靠在洗手台上。

幼稚園的廁所一向都很大很長，前方是男生廁所，後方是女生廁所，佔地寬廣，燈火通明，白牆磁磚幾乎天天清洗，以保持亮麗潔白的模樣。

更別說最靠近門口的洗手台，全做得矮矮小小的，但是多達十五個水龍頭，跟頂到天花板的大鏡子，讓整間廁所顯得乾淨明亮。

「妳還好吧？最近臉色好差！」恬恬洗完手，抽了張紙擦乾，「我沒想到妳這麼快就回來上課，我本來以為……妳還需要一些時間。」

「我沒事了，一直待在家裡也不好。」明惠面露苦笑。

「祥祥他們還好嗎？呃，我是說妳老公那邊……」恬恬問話有些保守，遲疑許多。

因為聽說明惠家裡出了點狀況，主任也不說清楚，只知道好像明惠跟老公之間有些摩擦、跟孩子之間也不親，鬧到要離婚的地步，光爭監護權就亂七八糟。

只是大家都很狐疑，對孩子這麼好的明惠，怎麼會跟自己的孩子不親？

但是大家都不問，沒必要揭他人傷疤看個仔細，只是沒料到開學又看到明惠順利就職，讓大家都倍感欣慰。

「對了，我剛在班上聽到一些傳言……」恬恬決定把話題移到學校上。

「該不會阿蓮也在妳班上說什麼吧？！」明惠緊張地追問。

「不是啦，她在我的班很乖，好像自閉兒都不講話！我是聽你們班其他學生說的，好像說阿蓮講鬼騙人什麼的？」

「唉，她一開始自我介紹就說學校不乾淨什麼的……」明惠繼續揉著發疼的太陽穴，「叫大家別來這間廁所，還說遊戲間跟廁所不能去，嚇得我們班小朋友全哭得唏哩嘩啦！」

「怎麼這樣？那是哪裡來的小朋友啊？」恬恬也皺起了眉，「是不是有妄想症？要不要跟她家長談談？」

「她好像入學手續也沒辦完整，點名單上也沒她的名字！下午她阿公來接她時我再跟她家長好好談。」明惠扭扭頸子，伸了伸懶腰，「妳先去休息吧，我還想洗把臉！」

「加油！」恬恬笑著走出去。

明惠重新面向鏡子，做了好幾個深呼吸，滿腦子都在想怎麼解決阿蓮的事，這個小朋友不處理好會受到傷害，不能在開學第一天就被冠上騙子的帽子！豪豪的嘴也得堵住，太喜歡故意傷人了。

噯呀呀，怎麼這麼頭大呢？

「嗚……嗚嗚……」

突然，在廁所深處傳來了隱約的哭聲。

明惠一怔，真怕自己聽錯了，可是再仔細聽，的的確確聽見在最深處的女生廁所裡，傳來可憐的哭泣聲！

「誰？什麼人在那裡？」明惠趕緊加快腳步往裡頭走去，哪一班老師點名疏忽了，讓孩子留在女廁裡？

「嗚嗚……嗚嗚嗚……」哭聲愈來愈清楚，明惠終於來到一間關著的女廁前，最後一間。

「我是惠惠老師喔，裡頭是誰？快點把門打開！」明惠溫柔地勸說，不希望傷到孩子。

「嗚嗚……好可怕！這裡面好黑，好可怕喔……」

「不必怕喔！把門打開就好了！」明惠伸出手，握住了門外的把手，「老師立刻幫妳——」

咦？拉不動！明惠緊握住門把，用力往外拉扯，卻發現門從裡面被反鎖住了！

「把門閂拉開就好了喔！只要妳把上面的門打開，就可以出來了！」明惠溫聲再次說著，怎麼有孩子把自己鎖在廁所裡還在哭呢？

「媽媽把我鎖在裡面了！好可怕喔！」女孩的聲音轉成尖銳，「放我出去！把我放出去！」

什麼！明惠全身像被冰凍住般，聽著耳裡傳來的聲音，這個女孩子的聲音好像……好像是家芬的聲音……

家芬是她的、她的女兒……

「妳說誰把妳關在……關在裡面的？」明惠兩眼發直，顫抖地問。

然後有種東西從廁所裡漫出來了。

紅色的、溫熱的液體從門縫下漫流而出，好像有人在裡面打翻了一大盆水一樣，爭先恐後地往外奔流著！

血紅色的液體先漫出門縫下的磁磚、再流下小台階，華麗的血色瀑布滴答滴答，不停地往下聚集，終於以悠美的姿態往她腳邊漫延過來。

一階、再一階，血水彷彿不會四散般的流動著，明明那一階台階下就有低處的排水孔，血水一樣略過那孔洞，一寸寸的往明惠的腳跟這兒過來。

明惠完全不能動了，她全身顫抖卻無法動彈，她看著那扇應該緊閉著的門緩緩開啟，裡面站著一個渾身是血的女孩子。

「不就是妳嗎？」女孩滿臉是血地獰笑道，「就是妳啊，媽媽。」

明惠從廚房出來時，看見餐桌邊一地的混亂！

她剛烤好的餅乾被弄翻了一地，殘餘在桌上、地上，而餐桌椅子上正跪坐著肇事者，家芬睜著無辜的大眼，手裡還拿著殘存的餅乾，就這麼一口往嘴裡塞。

「家芬！妳在幹什麼！」明惠氣得衝上前，打掉家芬手上的餅乾，「媽媽不是叫妳不准動嗎？妳怎麼不聽話！怎麼不聽話！」

一下一下，明惠重重地拍著家芬的手，打到都紅了、腫了，她哇的一聲大哭起來！

「哭什麼？媽媽說的話都不聽！妳是不聽話的孩子！」明惠二話不說，將家芬從椅子上拽下來，往房裡拖。

她每天應付那些小孩子已經夠心力交瘁了，回到家還要忙一堆家務、照顧自己也不聽話的孩子！為什麼就沒有一個能好好地聽她的話，每一個都要跟她作對？

丈夫的不歸已經是家常便飯了，她自己心知肚明，他外頭有了其他的女人，甚至已經透過律師來商談離婚的事宜了！

憑什麼？她為這個家盡心盡力，還為他生了兩個孩子，到底對她哪一點不滿意？她每天這麼辛苦地生活，到底誰還對她不滿意！

打開衣櫃，明惠隻手把家芬給甩進衣櫃裡。

「媽媽！不要！我會乖乖聽話，不要把我關進來！」再小的孩子也知道黑暗的恐懼，女孩開始苦苦哀求，「媽媽……媽媽……」

「給我進去反省！」明惠把攀住門緣的小手扳開，重重地推了家芬進去，瞬間就把衣櫃給反鎖起來！

裡頭開始傳來呼天搶地的哭嚎聲，家芬拚了命搥打木板門，明惠愈聽只有愈不耐煩，滿腹的怒火跟著升上來！

她重重地敲了衣櫃一下，厲聲警告著家芬不許哭，再哭就關她到隔天早上！

裡頭的家芬嚇著了，只敢嗚嗚地悶聲哭著。

她擰著眉頭往外走，門外卻衝進另一個身影，直朝她搥打過來。

「把妹妹放出來！放妹妹出來！」是哥哥家祥，八歲的他努力地搥著媽媽的大腿，「妹妹怕黑！妹妹她很怕黑！」

「閉嘴！你吵什麼！功課寫完了嗎？」扭著家祥的耳朵，明惠把孩子拖離房間。

不管家祥如何大吵大鬧，還是被明惠幾個耳光甩得噤聲，她到孩子房間把家祥的書包拿出來，將東西全倒了出來！裡面有一些同學給的小玩具，她看了一樣是滿腹怒火，直接踩爛丟掉！

不管家祥多麼不捨，她還是把聯絡簿拿出來，看見上面有著紅色的筆跡，氣得又怒不可遏！

「作業遲交？你什麼作業沒交？該寫的作業都不寫，你在做什麼！」明惠左甩一個耳光、右甩一個耳光地俐落，「我怎麼會教出你這種小孩？連作業都不寫！你是老師的孩子！怎麼可以不寫作業！」

家祥被打到縮到角落去，明惠一股怒火無法消除，她覺得孩子都是惡魔變的，生來折磨她的耐性、折磨她的生命！

該死！所有的孩子都該死！難道他們就不能一個口令一個動作的聽話嗎？一定要打才會乖嗎？

「妳是壞媽媽！妳根本不是我媽媽！」家祥淚流滿面地嘶吼著，指控著她！

明惠憤恨的雙眼蒙蔽了理智，她養這孩子養到這麼大，他竟然有膽子否決她的一切？

後來的事她不大記得了，可是她知道家芬正乖巧地在褓姆家，而家祥也順利地升上了小二，丈夫在外頭大概膩了，最近天天回家，一切都趨向安定的生活。

應該是這樣吧……

當樓下傳來淒厲的慘叫聲前，平躺沉睡的孩子們中，有一個身影突然坐了起來！

恬恬才準備趴下來稍事修息，就見著那突兀坐起的影子，她立刻狐疑地湊上前去……

噯呀，是那位阿蓮。

想到這不是她該管的孩子，恬恬就有點不耐，她想裝作沒看見好了，這孩子不睡覺也別勉強她！

正當她這麼想時，阿蓮突地回首，一雙眼準確地捕捉住了她！

恬恬倒抽一口氣，被一個小女孩嚇得全身僵直，站也不是、坐也不是，還沒來由地心生畏懼！

阿蓮眼睛是看著她的，但是左手卻指向門口的方向。

當恬恬順著她手指的方向看時，樓下就傳來那淒厲駭人的尖叫聲，嚇得所有師生都驚醒了！

恬恬立刻衝出教室，往樓下奔去，聽那聲音，是明惠的尖叫聲哪！

所以孩子都半坐起身，有人哭著找媽媽，有人還一副睡眼惺忪的樣子，全都迷迷糊糊地待在午睡房間裡，不知道該怎麼辦。

而不遠處的辦公區也聽見了駭人的尖叫，幾個老師也嚇得從桌上跳起，一時還以為自己聽錯了。

「是哪裡發出的聲音？」

「隔壁棟二樓的樣子！」

「快點去看發生什麼事！」大家倉皇失措地要往外衝，有人先拿起電話想先報警。

嗯？一個老師狐疑地按了按電話，發現電話完全不通。

而其他老師正準備推開玻璃門時，玻璃門卻不知怎地扣了個死緊，推也推不開？

『偽善者……』斷了線的電話，傳來詭異的聲音。

「哇呀！」手持電話的女老師嚇得把話筒扔掉，整個人後退三步！

『你們都是偽善者……假裝對孩子好的偽善者……』話筒內聲音持續，大到整間辦公室都聽得到！

所有人都嚇傻了，只能站在原地不動，聽著話筒裡傳來宛似地獄來的聲音，而辦公桌椅跟著微微震動。

下一秒，全校斷電，所有日光燈全熄滅了！

「救、救、救命啊！」終於有人懂得反應，衝向玻璃門，死命地想向外求助！

那窄小的玻璃門不開就是不開，上頭貼滿了驚恐的臉，每一張臉都擁擠在一起，扭曲般的貼在玻璃門上，搶著想要逃生。

而在三樓的午休室門口，出現了小小的影子，是個男生。

「四樓是遊戲間喔，我們上去四樓玩吧！」男孩子吃吃笑著，手指向通往遊戲間的樓梯。

孩子們哪禁得起鼓動與慫恿？一聽見可以去遊戲間現在又沒有大人在，紛紛拋開睡意，跟著往外頭衝去，步向那窄小的樓梯。

剩下一個米黃色的女孩坐在裡面，眉頭打了千千結，一副很困擾的樣子。

「好麻煩喔！為什麼一次有那麼多地方啦！」阿蓮站了起來，緩步走到外面，先看了看樓下、再看看對面一樓、再往四樓的樓梯瞥了一眼，最後重重地嘆了一口氣。

「真討厭！人家現在想看卡通！」阿蓮嘟囔著，一個人站在外面舉棋不定，「我討厭上幼稚園！討厭阿公啦！」

小女孩這麼抱怨著，最後決定移動小小的腳，先找樓梯下樓再說！

她走到二樓時，樓梯口站著恬恬老師，她一臉沮喪地低垂著頭，不停地哭泣著；感覺到有人走下樓來，才趕緊抬起頭，看是哪個小朋友跑下來了。

她抬起來的臉龐沒有眼睛，只有兩個又大又黑的窟窿，她很擔心小朋友的安危，卻怎麼認真也看不見。

「唉，這是命！」她走向恬恬的魂魄，「我很想先幫妳，不過請老師先到四樓好嗎？大家都上去遊戲間了！」

恬恬一聽大驚失色，血從眼睛的窟窿裡拚命流出來，嚇得一個旋身，往上頭飛去。然後阿蓮看著那龐大的黑影已經蔓延到樓梯口來，幾乎沒有遲疑，就踏進了那重重黑霧裡。

眼睛是用來看有形的事物，無形的事物是心眼要明，阿蓮閉著雙眼往前走著，她可以用身體去感覺周遭的事物、更可以用靈魂去感受前方的邪氣！

有個小女孩跪在前方哭得泣不成聲，不停地擦著淚，一雙手全是血，感覺是敲打後的血痕。

「喂！」阿蓮走向女孩子，「不要哭了好不好？再哭也沒用啦！妳已經死了！」

『嗚嗚，我好怕！我好怕黑！』女孩抬起頭來看她，淚流不止，『媽媽把我關起來了，我出不去！出不去！』

「妳已經死了，要去哪裡都可以啊！」阿蓮一手擱在她肩上，「沒有地方可以困住妳，往有光的地方飛去吧！」

『我不知道哪裡可以出去！嗚嗚嗚……好黑好暗！好黑喔！』

阿蓮往四周看了看，她的眼前已經是廁所，而其中有一間廁所瀰漫著紅色血水，她咬了咬唇，瞭然於胸。

阿蓮把手上的佛珠給脫下來，握在手中唸唸有詞，然後就往那溢滿血水的廁所裡丟了過去。

一瞬間有股光亮在黑暗裡形成，讓哭泣中的小女孩止住了哭聲。

「哪裡有光，便往那裡去。」阿蓮指向了那個光芒。

女孩彷彿忘了哭泣般，感覺到溫暖的擁抱，她瞇起眼迎接著光亮，接著就化為煙塵般的消失在阿蓮眼前。

黑霧散去，女廁裡依然漫著血水，地上擺晃著一具屍首，雙眼插著清廁所的刷具，看來穿過頭顱，十成十是當場死亡。

那是恬恬老師的屍首。

那麼……阿蓮左顧右盼、環顧了四周，確定了廁所裡再也沒有其他人的蹤跡，也表示惠惠老師並沒有在這裡。

踏過血泊，阿蓮移動著小腳步，繼續往樓下走去，還有一屋子的大人等著處理！

阿蓮握緊小包包，往老師辦公室跑去，那兒的陰氣超級重，再多男老師的陽氣也抵不過，十之八九是有屍體在裡面！

當她靠近玻璃門時，一股風壓襲至，轉瞬間化為利刃，眼看著就要朝著弱小的阿蓮切了過來。

阿蓮立刻蹲下身去，高舉起身上斜揹的珠編包，那上頭的圖騰隱約地在空中放大，迅速地擋掉風刃，也化解四周所有的煞氣！

嘻嘻，婆婆最厲害了！阿蓮露出甜甜的笑容，喜出望外地走向玻璃門，門口已經完全沒有老師在那兒互擠！

她往斜上方一瞄，哇啊！怎麼來了那麼多個鬼差啦！阿蓮急急忙忙地把玻璃門推開，發現裡面的老師們個個眼珠上吊、臉色發青的正準備自殺。

「走開！走開啦！」

阿蓮咬破手指，匆促地在半空中畫上破解咒，那血咒在半空中成一股空氣波，旋即震盪周遭，也逼得角落裡的怨靈不得不現身。

「冤有頭債有主，別招惹其他人，多造業障！」只見阿蓮從容自若地從珠編包中抽出一張符紙，半空點火燃燒，口唸驅鬼咒，打算把怨靈趕出辦公室！

怨靈來不及全身顯現，霎時哀嚎慘叫，被彈出了教師辦公室。

所有老師們紛紛倒地，阿蓮太小、腿也不夠長，只得不小心踩著暈倒中的老師身體走，尋找屍首所在。

她在一堆身體裡爬著，總算看到一張辦公桌下放著密封的置物箱，外頭用布覆蓋著，阿蓮把布給抽掉，只見裡頭紅血遍佈，是新鮮的屍體，還沒有什麼異味。

將符咒貼上置物箱，再將血手印印上去，暫時封住這個想作怪的冤靈，等一下再處理。

「走開囉！沒人會死啦！」阿蓮好不容易離開辦公室區，對著上頭一堆鬼差揮了揮手。

結果鬼差不但沒走，還愈聚愈多，阿蓮原本一臉疑惑，登時才想到四樓遊戲間還有一大票隨時會出事的小孩子！

「阿蓮討厭阿公啦！阿蓮討厭上幼稚園！」她眼淚都滴出來了，萬分不甘願地再度跑向樓梯，氣喘吁吁地爬上四樓。

遊戲間門口是道木門，木門外就站著那個男孩。

「走開……好累喔！」阿蓮喘著氣，吐了吐舌頭，心裡超級不愉快。

『妳也要一起玩嗎？』男孩兩頰紅通通的，像被打得很慘。

「不要！」阿蓮哼的撇過頭，「要玩下地獄去玩，不要在這邊找伴！」

『大家都很喜歡在這裡玩啊……嘻嘻，大家都可以當我的弟弟妹妹！』男孩開心地說著，『這樣有很多很多人，媽媽就不會只打我了！』

血，從男孩的背後滴下來。

小男孩開始走著，他背上插滿了被血染的竹片，像孔雀開屏似的華麗。

阿蓮感受到木門後傳來波動的情緒，有恐懼、有愛意，也有懊悔的吶喊，但是這些都不是她所需理會的，她只想快點除靈。

「快點走開！外面有鬼差在等你啦！」阿蓮說完，就要往裡面衝。

可惜小男孩更快，上前一步擋下了她。

阿蓮心底明白，小男孩的怨再強，也不至於有如此力量，一定是有人在後面操控。

「你媽媽殺了你，何必再幫她做事？」阿蓮的世界非黑即白。「拖這麼多人一起走，會很慘的喔！」

『媽媽愛我們……媽媽愛大家……』小男孩喃喃自語，渾身卻都在發抖。

阿蓮趁小男孩遲疑之際，忽地上前以血指抵住男孩眉心，只見一陣燒烙痕跡顯現，男孩被燙得哇哇大哭，往後踉蹌，穿門而逝。

真是討厭，非得傷害到了才要走！阿蓮輕鬆地打開木門，心裡暗暗哇了聲，看著正特別的遊戲間。

所有的玩具都是飄浮在半空中的，整間幼稚園的孩子們也飄在半空中沉睡，絲毫沒有察覺自己身在何處；當然也有一些曾哇哇大哭，但似乎全被關到角落的置物櫃裡去了。

不過置物櫃裡有恬恬老師護著，應該還沒出事。

這些作為生前死後都一樣，阿公說過什麼……狗狗牽到北京還是狗狗嗎？

『阿蓮？怎麼現在才上來？』

門邊站著和藹可親的明惠，她慈眉善目地看著阿蓮。

「因為阿蓮有好多事要弄嘛！還不都是妳！」阿蓮自然地走向明惠，「妳把小女孩埋在廁所裡、又把他們的爸爸裝在箱子裡，他們都死得超怨，找不到升天的路！」

『妳在說什麼？小孩子不應該亂講話喔！』明惠瞇起眼笑著，儘管皮笑肉不笑。『妳亂講話已經讓小朋友都很害怕了，下次再這樣老師要處罰妳喔！』

「老師，我四點要準時看卡通，妳可不可以快點離開？」阿蓮指了指外頭，「鬼差等著提拿妳了，快點跟他們去酆都報到，放了其他人啦！」

『阿蓮！我說過不許亂講話了！這麼小不可以說謊喔！』明惠的眼神轉為凌厲，也朝著阿蓮逼近，『我們來做個小處罰好了！打手心……不，我是好老師，我們罰站好了。』

說時遲那時快，從地上長出詭異的枝椏，纏纏繞繞，緊緊綑住阿蓮的雙腳。阿蓮發現自己被定住了，低首瞥了一眼，呈現不甘心的臉色，還一臉委屈地的咬住唇。

「老師，妳已經死了！妳已經死翹翹了！」

『妳在胡說什麼？我們現在在遊戲間可以玩到很晚很晚，大家不是都很愛玩嗎？』明惠優雅地看著錶，『大家愛玩多晚就玩多晚喔！老師會一直陪著你們。』

「妳殺掉自己的孩子跟老公，然後自殺了！」阿蓮大吼起來，「妳在自己房間上吊自殺了！」

明惠瞬間瞪大雙眼，一幕幕影像灌進腦海裡，家祥指著她大罵之後，她衝向廚房，拿起掃把，發狂似地一棍一棍打在家祥身上，打到血花四濺、點點飛血濺上了她的臉、她的唇，張著嘴喊叫的她或許也吃進了孩子的血。

她力道大到那竹棍成了扇子，依舊沒有停手的意思。

等到她回過神時，家祥已經斷氣了，那開花的竹棍上頭少了許多竹片，卻全插在家祥的背上，一根一根，深可見骨。

她嚇得扔下竹棍，一屁股坐在地上，坐在孩子流出的血中，不知道過了多久，才想到衣櫃裡的家芬。

她記得她衝進去，慌張地打開衣櫃時，屎尿味溢了出來，她慌張地敞開衣櫃雙門，只看見家芬吐出的舌與暴凸的雙眼。

家芬在裡面慌亂而歇斯底里，頸子套進了她掛在衣架上的絲巾，孩子不懂事，倉皇失措地掙扎，只是讓絲巾愈套愈緊……直到家芬斷了氣。

明惠腦袋一片空白，卻聽見外頭的開門聲，久久未歸的丈夫竟在今天回來了！她幾乎沒有猶豫，立刻衝向廚房，接下來的事她就更清楚了。

當她第一刀砍進丈夫的頭骨時，那清脆的聲音竟帶給她快感，她想到他對她長久以來的冷落、報復的快感湧上，待她歇手時，她幾乎已經認不得腳下那堆屍塊曾是她最愛的枕邊人。

於是她搬來剛買的置物箱，鋪上塑膠袋後把丈夫扔了進去，放不進去的就再切小塊點，再塞不進去只要把手折斷就好，反正他再也不覺得痛了。

塞好後她將塑膠袋綁牢，再蓋上蓋子、扣緊，用拖車運到車上。兩個孩子也是用一樣的手法，全放到車上。

接著她來到空無一人的校園，時間是半夜兩點，她把丈夫的屍箱放到自己辦公桌底下，蓋上桌布掩飾。

園區外頭有在施工，她拿了一桶水泥，選擇了廁所最後一間，把家芬丟了進去，然後將水泥仔細地灌了進去，填平那整間廁所，最後再鎖上它。

下一步她把家祥抱到遊戲間，她記得遊戲間裡有個大木箱，所以她把玩具全扔了出來，把家祥給放進去。

當她回到家時，天已經要矇矇亮了，她一片茫然地坐在沙發上，不明白自己剛剛的作為，不敢相信自己能如此冷靜地處理屍體。

然後呢？難道她要演一個傷心欲絕的母親，控訴不存在的犯人？

當明惠站在客廳那一大片血泊時，她宛似突然驚醒似地，想起打死孩子的過程、憶起砍殺丈夫的手感，接著發狂般地自殘，最後衝進房裡，用堅韌的繩子上吊自殺。

『啊……啊啊啊——』明惠掩面嘶叫，歇斯底里而瘋狂，『不！我不是壞媽媽！我不是啊！』

角落裡站著小男孩，他噙著淚看著母親。

『我不是故意要殺他們的，那不是我的本意！不是！』她狂亂地辯解，整個人開始扭曲變形，『我不是殺人魔、我不是狠心的母親！』

『我知道妳不是，這不是妳的錯！』阿蓮只是低頭看了一眼，那束縛住她的枝椏瞬間四裂迸散！

明惠眼窩凹陷，眼珠子凸了出來，舌頭不自覺地伸得長長的，當她憶起自己已死亡時，就會以死亡時的姿態重現。

「惠惠老師，妳那天在廁所撿到了一枚戒指對不對？」阿蓮蹲到了她面前，「妳撿到一枚銀色的戒指。」

阿蓮的目光，停在明惠枯槁的右手上，小指有一圈銀戒正閃閃發光。

那是她在前天返校整理開學事務時，在洗手台下方撿到的。

「所以說——」阿蓮迅速地握住她靈體的手，將那枚戒指拔了下來，「是它害的！」

一股黑影從門口刷地衝進來，那是個血盆大口，宛似要將阿蓮一口吞下的猙獰！

「這個媽媽殺掉自己五個小孩喔！只因為她認為他們是惡魔！她覺得所有小孩都是惡魔，都應該要殺掉！」阿蓮回過身，看著有著巨大頭顱的女人死靈，完全沒有一絲害怕恐懼。

『啊啊……啊啊……我被附身了！我被她附身了！怎麼可以這樣，我竟然因為一個死靈殺掉我所愛的人！我的人生啊——』

「惠惠老師，妳不要把戒指佔為己有就好了啊！」阿蓮回首，朝著她聳肩，「人的貪念，永遠是通往地獄的門！」

只要惠惠老師沒把戒指戴上去，這瘋狂的死靈自然不能上老師的身！

一切都是自作孽，這些年來，她每次都看到好多好貪心的大人！

『惡魔！妳是最可怕的惡魔……妳一定要死！我來解放妳吧！』巨大的惡靈瞪

著阿蓮，這個孩子會妨礙她，她這麼確定著。

阿蓮只顧著低頭看手錶，她好想回家，阿公應該要來接她了。

「妳該走了！」阿蓮將手按在明惠額前，「哪裡有光明，便往那裡去！」

家祥突地衝了過來，緊抱住母親，一起成為光束，往上方掠去！

所有的靈，只剩下這個巨大的邪靈，她扭曲了信仰的教義，不停地附身在起貪念的母親身上，一次又一次的殺掉許多小孩子。

而這些被扼殺的靈魂卻被邪靈負面的能量吸收，成為這複雜且混濁的感情，成為這殘虐的邪靈。

而這個邪靈本體，竟然也是一位幼稚園老師呢！

「塵歸塵、土歸土，該下地獄的就去吧！」阿蓮閉上眼，開始唸起咒法，「莫再留戀——」

我一直喜歡孩子，希望當一個好老師。

看著一張張天真爛漫的臉龐，在我面前歡笑，好像我擁有無數個孩子一樣，我會有一種身為母親的喜悅。

這也或許是一種心理補償，因為我曾失去過孩子。

但是我有這份自信，可以將小愛化為大愛，造福更多的孩子們，給予他們更多的愛。

邪靈的情感湧進來，只可惜阿蓮根本不太懂得這些語句的意思。

邪氣趁其不備襲向阿蓮，她及時向後退卻，才避開被傷害的命運，卻因此不小心摔了一跤，痛得小嘴噘了起來。

「阿蓮討厭幼稚園……」她的淚開始滑落，無盡委屈地大聲哭喊，「我要回去看卡通啦——」

倏地萬丈光芒自阿蓮身上迸發而出，再邪惡的怨靈也毫無招架之力，那一刻周遭的靈魂全被淨化殆盡，刺眼的光芒幾乎讓人睜不開眼。

「嗚嗚……」阿蓮跪坐在地上，嗚咽地哭了起來。

外頭傳來腳步聲，門跟著被打開。

「阿蓮啊！系阿怎？」阿公匆促地跑了進來。「啊，妳淨過靈囉？」

「阿公！我不要念幼稚園！我不要念幼稚園啦！」阿蓮一見到阿公就嚷著要抱抱，「這裡不乾淨！阿蓮好累！我累死了啦！」

「好好！我們回去我們回去厚！」阿公趕緊抱住阿蓮，這裡是怎麼了？好像有不少屍體？

那天下午兩點，阿公抱著委屈又可憐的阿蓮離開，半小時後警方趕到校園，在廁所裡發現了許恬恬老師的屍體，以及被埋在廁所裡、滲出屍水的劉家芬。

辦公室內的老師們迷迷糊糊地甦醒，警方也在明惠辦公桌底下發現其丈夫的屍塊被裝在置物箱中；而其子劉家祥的屍體疑似生前被毒打致死，鎖在四樓的木箱當中。

警方研判這皆是張明惠下的毒手，雖然張明惠已在日前於自宅中上吊自殺。

至於許恬恬老師的命案，警方已著手偵辦。

而下午三點，台南郊區的萬應宮中，阿蓮很開心地吃著仙草冰、看著她喜歡的卡通，一臉滿足的模樣。

而她那未寫上點名本的名字，也因為阿公取消入學手續，再也沒出現在點名本中。

阿蓮喜歡在家裡看卡通，一點都不喜歡去幼稚園！

番外之二・歸家的孩子

她開始發現家裡的東西不見了。

中午想隨便煮個麵來吃，想起上星期在超市買的魚丸，從冷凍庫拿出後，直覺地往冰箱上要拿過吸在磁鐵上的剪刀，卻抓了個空。

奇怪咧，剪刀呢？那是她刻意放在上頭剪食品包裝用的啊！是阿良又拿去用卻沒有物歸原處嗎？也罷，她最後拿菜刀割開，還是順利地煮了碗魚丸麵。

這是前天發生的事情，回來問阿良後，他不爽地說他才沒有拿，說兩句就發火，她也懶得再追究，剪刀嘛，一把才二十元，再買就有。

只是，她站在工具抽屜前，發現裡面那柄大剪刀也不見了。

「阿良！阿良！」她忍不住走到房間裡，搖了搖日上三竿還在睡的男友，「你有拿外面那支大剪刀嗎？」

「唉唷，煩耶妳！一天到晚剪刀剪刀的是在做什麼啊？」他不爽地喊著。

「又一把剪刀不見了啊！我們家已經不見三把剪刀了！」她有點擔心，「會不會是小孩子拿去玩了？」

阿良勉強地坐起身，根本不是在睡覺，而是手上抱著電動不肯放。「他們拿剪刀要幹嘛？」

「我怕的是他們不知輕重，亂拿去玩就不好了……廚房一把，客廳一把，現在連外頭那支大把的都不見了。」

「回來再問好了！」阿良咕噥著，起了身，「我得去工作了！」

「嗯。」她默默點點頭。

跟阿良在一起五年多，生活困頓不說，事事都得順著他，否則動輒就得被揍，她的孩子大部分給爸媽帶，自己帶在身邊的兩個孩子比較大，但也過著戰戰兢兢的生活。

她總是會想，為什麼自己要過得這麼窩囊，但是她就是離不開阿良……而且有人養總比自己出去工作好對吧？伸手就能拿到錢，這有什麼不好？

阿良隨便梳洗一下，換件衣服就準備出門上工，他的工作也不穩定，最近難得在附近工地找到一份還不錯的工作，缺點就是會在工地賭博，賺兩千賠一千。

她瞧見他站在窗邊往外瞄，就知道是房東，「在外面嗎？」

「進進出出的，不知道在幹嘛！」阿良不耐煩地搔著頭，「就幾個月房租看到就一直討，又不是沒錢討三小！」

「就是！」她也應和著，「這整條巷子都他的，有缺我們幾個月房租錢嗎？」

「他要再跟我嗆，我就放火燒他家！」阿良撂著狠話，她當然不信，因為房東住這棟一樓，放火會燒到他們自己的。

「你燒對面的啦！」她中肯地建議著，「不然也燒前頭吧，不要燒到我們自己！」

「也對……靠，他走了。」阿良說著，戴上鴨舌帽。「晚上我不回來吃！」

「欸，不要再賭了，快沒錢吃飯了！」她抱怨。

「沒錢？跟我講沒錢？妳幹嘛不把小孩都丟給妳媽啊，我們兩個過日子不是挺夠的？」阿良不爽地唸叨著，最近他一直嫌家裡開銷太大，孩子沒一個是他的，他不懂為什麼要負責他們的生活費跟學費。

當初他在追她時，說過他有多愛小孩、一定會將他們視如己出的，一轉眼都是屁。

唉，她關上門，她其實自己也很後悔，無緣無故為什麼要生這麼多小孩？丟又丟不掉，如果每個都跟……一樣就好了。

如果……喀！廚房突然發出巨響，她趕緊衝進去看，是砧板掉了下來！拾撿起來後，好整以暇地擺回原位，許冠慈看著架在格子間的砧板，好端端地怎麼會落下呢？

「媽媽……」

咦？她嚇了一跳，倏地回身，怎麼好像聽見有人在喊她媽媽？

緊張地步出廚房，看著凌亂的客廳，不該是有孩子回來了啊，他們現在應該都還在學校……

「小玉嗎？」她還是出聲問著，但回答她的只有靜默。

別想太多，她捏起衣角，一定是因為這個月剛好是那孩子的……所以她才會一直放不下。

等等也要準備去接其他孩子了，她得先去把衣服晾好，然後……茶几上的手機響起，她碎步跑去接起，看到的是陌生來電。

「喂？」她戰戰兢兢地回應。

『請問是許冠慈嗎？』電話那頭是個年輕女人的聲音。

「請問哪位。」她學聰明了，不直接回答是或不是……因為她已經換過無數次的號碼，不停地搬家，為的就是不想被社會局找到。

因為，他們察覺到了，他們發現了那個孩子的事。

『許太太，好消息！』電話那頭的女人欣喜若狂，『我們找到蘋果了！』

什麼？她腦袋一片空白，差點握不住手機。

『前兩天走失的孩子，有人送到警局來，我們問了一下，幸好蘋果都記得父母的資訊！』女人愉快地說著，『妳快點過來吧，孩子很想妳！』

「小、蘋果？」這幾個字難以吐出。

『是啊，她走丟了，終於找到她了！妳快過來，我們現在在……』女人劈哩啪啦地說著，她簡直無法置信。

她，怎麼可能會被找到呢？

三年前，她就已經不在了啊！

她不能不去接她，看著那個有點像她女兒，但又有些陌生的女孩，她只感到恐懼。

「蘋果，這是妳的家喔！」一個溫柔的女人笑著，牽著蘋果的手，站在他們五樓公寓門口。

「噢……」小小的女孩渾身髒兮兮的，一雙眼睛轉著，往屋子裡瞧。

「蘋果很想媽媽，所以我想還是讓妳們快點團聚，明天我們再過來接她。」女人是社會局社工，但不是之前承辦她案子那位小姐。

「明天、明天還要接她去哪裡？」她顯得有點擔心。

「還有許多流程要走，我們也要確認她的心理狀況。」社工溫和地笑著，「但我們做得再多，還是沒有溫暖的母愛跟家庭來得有效，蘋果對她失蹤的事隻字不提，我們也希望您協助。」

她空洞地點點頭，協助什麼？希望她開口交代這三年的空白嗎？她瞄著女孩，她甚至不認識這女孩啊！

「那就這樣了。」社工鬆開了手，輕推著蘋果，「蘋果，進去吧，不是想媽媽嗎？」

蘋果帶著點陌生又怯懦的神情，或許她也在想，這個女人是誰？

但是，她還是跨出了那一步，踏進這個不屬於她的家。

「那明天上午十點我再來接她。」社工微笑頷首，遠看著皺眉的阿良，「打擾了，請你們一定要好好照顧蘋果喔！」

「嗯，放心。」許冠慈笑得好勉強。

好不容易送走了老師，阿良還特地又走到窗台邊去，確定社會局的人一離開，衝進來劈頭就罵！

「馬的妳接她回來幹嘛？」

「不然我該怎麼辦？我又不能說不要！你說，我能給什麼理由？」許冠慈也不爽地嗆，「這樣子人家就會知道三年前的事情了！」

阿良不爽地瞪向女孩，不客氣地抓著她纖細的手臂，「喂，妳誰啊！妳媽媽到底是誰？飯可以亂吃、人不可以亂認！莫名其妙！」

「我是蘋果啊！」女孩用童稚的聲音顫抖著回應，「你是爸爸、這是媽媽。」

蘋果拉拉阿良的褲角，說得既天真又理所當然。

「黑白講！」阿良揮開她的手，直接把她往後推！

那力道一點都不輕，害得蘋果直接跌倒，往後撞上後頭的櫃子，「馬的誰是妳爸爸不要亂認！我根本就沒有跟這個女人生過任何一個小孩！」

許冠慈趕緊把蘋果扶起來，孩子嚎啕大哭，想是嚇到又疼，「喂，你別這樣，就算不是你的孩子，也不能這樣動手啦！」

「我警告妳，好好想想妳爸媽是誰，明天就把她趕走！」阿良指著小女孩罵，女孩哭得更凶了。

「說得容易，你想個藉口給我！」許冠慈不爽地拉起蘋果的手，將她往房裡帶去。

外頭傳來阿良摔東西的聲音，他總是這樣脾氣暴躁，稍有不爽就動手。

許冠慈把蘋果帶到跟前，仔細察看她的狀況，為她擦乾眼淚，好可憐的孩子，這樣瘦弱這樣無助。

「別哭！疼嗎？」她溫柔地問著。

蘋果搖了搖頭，但還是啜泣不止。

她打量著蘋果，不管怎樣，總是要梳洗一翻，換件乾淨的衣服，不能再這麼髒兮兮的，瞧著她全身泥汙、頭髮也亂七八糟，所以她翻出孩子的衣服，大了點但能穿就好。

「蘋果，我們洗澡好嗎？」

蘋果點點頭，許冠慈帶著她進浴室。

許冠慈為她脫掉身上沾滿泥土的衣服，發現她腳上都是傷口，還被泥土覆蓋，而脫下的衣服上，居然黏滿了許多鬼針草。

鬼針草，這讓她想起三年前那個地方，也是滿山遍野的鬼針草啊……那時她的衣服上，也是沾滿了鬼針草。

「妳從哪裡來的？」她故作溫和地問，「為什麼會覺得我是妳媽媽呢？妳在哪邊走失的？」

蘋果瞇起眼睛，很開心地看著許冠慈，「妳就是我媽媽啊！」

許冠慈笑著搖頭，「不可能，妳絕對不可能是我女兒的！」

蘋果不再說話，就只是圓著一雙眼睛看著許冠慈，許冠慈讓她進入浴缸，開始把她沖掉渾身的泥濘，只是這一沖……卻讓許冠慈傻住了。

那小小的身軀上，居然傷疤處處，一條又一條粗大的疤痕滿佈在她乾瘦的身子。

「我的天哪……」許冠慈細細撫著她手上的疤痕，那是一圈的耶，「這是怎麼回事？誰打妳？這用什麼打的？」

蘋果搖搖頭，顯得有點恐懼，低頭不想說話。

她不知道這種疤該怎麼形成，是刀子嗎？用刀尖在她手臂上劃一圈？她仔細觀察著身體其他部分，處處是疤，這孩子身上一塊好地方都沒有……糟了！

許冠慈想起，萬一明天社會局的人開始檢查介入，這女孩又認定她是母親的話，該不會指控她虐童吧？

「妳告訴我，妳爸爸是誰？明天我讓那個社工送妳回家！」許冠慈急了起來。

「這裡就是家啊，媽媽！」蘋果無辜地望著她。

「我不是妳媽媽……天哪，我會被妳害慘！」許冠慈放好水，「妳在這裡玩，我等等過來。」

嗯！蘋果用力點頭，玩起浴缸裡的小鴨。

許冠慈慌張走出去，這樣不行……明天一定要跟社會局鄭重否認，這個女孩不是她的孩子。

「阿良。」許冠慈到了客廳，他正在喝啤酒看電視，「明天一定要讓那女孩走！」

他厭煩地瞪她，「哼，我剛就說了！」

「那要怎麼講？」許冠慈坐到他身邊去，「社會局如果問我怎麼肯定她不是蘋果，那我要怎麼回？」

「我怎麼知道！」阿良居然還發火，「這妳的問題，自己解決！」

「我的問題？你敢這麼說！」許冠慈不可思議地跳了起來，「那件事情你要負最大責任！一切都是你造成的！」

「少來了，明明是妳，妳一開始阻止不就好了！為什麼讓我吊她吊這麼久？」阿良氣得摔下遙控器就起身，二話不說使勁推她一把，「我跟妳說，我們同一條船的啦，沉了誰都活不了！妳最好搞清楚，快點把那個女孩弄走！」

許冠慈咬著唇，氣到全身顫抖，這怎麼會是我的問題，當年、當年下手的明明是他！

孩子們下午就直接送到阿嬤家裡去了，因為被社會局找去，許冠慈無法確定會耗到何時，只好先把孩子送走；而且孩子們去阿嬤家更是開心得不得了，畢竟在這個家生活是痛苦的，吃不飽穿不暖，隨時隨地還可能被打。

她知道帶給媽媽太多負擔，但是她真的沒辦法，這就是她悲哀的人生、離不開阿良、也不想離開……她想放掉的，始終是自己的孩子。

很多人都說，女人天生具有母性，但事實上人有百百款，那不過是一種概論罷了！有人缺少母性，她就是其中之一，她打從心裡愛男人比愛自己的孩子多得更多。

至於為什麼不避孕，那是因為男人不愛戴嘛！她也曾以為自己可以好好照顧孩子，但這幾年的折磨下來，讓她更加厭倦……不是不愛孩子，只是沒那麼愛。

「一定要想辦法澄清那個不是我的孩子！」許冠慈揪著心口，「你少當沒事的人，既然都知道是一條船上的，你也不想沉吧！」

阿良啐了聲，抬頭想再說些什麼，眼神卻突然瞄向了許冠慈的身後。

咦？許冠慈趕緊回身，發現蘋果竟已自己換好衣服，冷不防地站在她身後；五歲的孩子不懂事，眨著雙眼看起來心情很好。

「自己會穿衣服啊，這麼厲害！」許冠慈趕緊把她帶離開，「我切水果給妳吃好不好？」

「嗯！」蘋果顯得很興奮，用力地點頭，然後在小玉他們房間裡跑來跑去。

許冠慈決定扮演一個和藹的母親，因為她急需知道女孩是誰，要快點擺脫她。

「妳告訴我，妳的爸爸媽媽在哪裡……妳在哪邊走丟的？因為我們真的不是妳爸爸媽媽！」許冠慈溫柔撫摸女孩的頭，「而且妳從哪邊知道我的名字跟電話呢？」

「我就是知道。」她吃著橘子，說得很自然，「媽媽叫許冠慈，爸爸叫阿良！」

許冠慈皺眉，又問了許多次，但蘋果總是堅持她說得沒錯，其他的問題卻完全問不出個所以然，她一會兒跳、一會兒跑，說著也想要一個自己的房間。

等許冠慈再走出去時，阿良已經回房間睡了，她不敢讓蘋果跟阿良同一個房間，怕她被揍，只好帶著她到小玉的房間去睡。

女孩玩累了，一沾床就睡著，許冠慈望著那張臉……真的很像她的蘋果，但她心裡明白，這女孩絕對不是。

因為，她的蘋果，在三年前已經死了。

睜開眼，許冠慈覺得一顆心跳得厲害，總不安穩，不是因為身邊多了一個人，而是因為那是個莫名其妙的孩子吧？她的出現，讓她想起了三年前的事情。

那個蘋果不停哭泣的夜晚、喝得爛醉的阿良，他瘋狂地揍她，把她連同衣服用衣架拎起，吊進衣櫥裡；身為母親的她沒有阻止，因為她也對蘋果的哭嚎感到厭煩。

後來哭聲愈來愈小，她只覺得得到平靜，甚至到後來忘記掛在衣櫥裡那孩子的存在；發現時已經是快兩天了，才一歲大的孩子餓得發慌又脫水、心跳減弱，酒醒的阿良趕緊把她取下，可沒有多久就斷了氣。

這就是她一直在搬家的原因，因為社會局跟警方一直在找蘋果，許冠慈用盡各種藉口，一會兒說蘋果給阿嬤帶；一會兒說出國都被識破；可是躲得了一時，躲不了一世，上一次的藉口是說蘋果給她哥哥帶卻帶到失蹤，社會局不信，但是她去報案，警方就得受理。

她逃、她躲，避開所有可能的接觸，能躲一天是一天，不懂為什麼有人要去留意那小小的孩子？社會上更重要的人更多吧？

她甚至不敢跟家人聯繫，帶孩子給她媽時總是偷偷摸摸，更是不停地換電話，還——等等！

許冠慈突然驚覺到，為什麼那個女孩會知道她現在的手機號碼？為了躲避社會局與警察的尋找，她明明不停地換號碼啊？可是這個蘋果被警察撿到時，卻能直接聯繫上她？

她趕緊起身，就要搖醒蘋果問個清楚，可是一轉過去，卻發現身邊沒有人——咦？人呢？

許冠慈伸手往床上摸，卻摸到圓刺的物品，趕緊扭開燈一瞧，床褥上是一大片的泥土，還有鬼針草。

「啊啊……呀——」許冠慈失聲尖叫，連滾帶爬到隔壁房找阿良。

阿良喝了酒正好睡，迷迷濛濛地。「吵三小啦！」

「你醒醒，那個女孩不見了……只剩土跟鬼針草！」她拚命搖著阿良，「不要再睡了！出代誌啊啦！」

「厚！三更半夜妳是在番三小！」阿良翻身坐起，不客氣地推了她，「什麼土啦！」

「蘋果不見了！床上都是泥土還有鬼針草！」許冠慈歇斯底里的吼著，「你忘記了嗎？那個地方、那個地方，全部都是鬼針草啊！」

「哪個地方？」阿良似是還沒醒，分貝超高。

「蘋果啊！」許冠慈驚恐地喊著，「那天回來，我們不是身上都沾上了鬼針草嗎！」

阿良皺著眉，實在難以反應許冠慈在說些什麼。

「媽媽。」

驀地，門口傳來了稚嫩的童音。

「呀——」許冠慈嚇得立刻躲到阿良身後去。

房門口站著小小的身影，她的身上突然間又全是泥土髒汙了，雙手放在身後，衝著他們露出開心的笑顏。

「妳是去哪裡搞那麼髒！不是讓妳換衣服了嗎？」阿良不悅地說著。

「我的家啊，就是那麼髒啊！」蘋果一直掛著笑容，「我剛剛去幫媽媽找東西了！」

「找、找東西？」許冠慈嚥了口口水，「那個、床上的土是怎麼回事！」

「媽媽妳不是找不到剪刀嗎？」蘋果從她的背後拿出了剪刀，「我找到了喔！」

許冠慈全身發抖，她從來沒有告訴過這個女孩，關於家裡剪刀陸續失蹤的事情，一個字都沒有。

而她拿在右手上那柄剪刀，不是客廳的、不是廚房的，也不是外頭那個大抽屜裡的大剪。

那是一把他們再熟悉不過的：綠色刀柄、上頭沾著泥土與褐色血跡的剪刀。

因為三年前，她跟阿良用它，剪開了蘋果的屍體。

「啊……幹！」阿良也認出那把剪刀了，「那是哪裡來的！」

蘋果走了進來，伸長的右手遞著剪刀，她一邊走近，他們都可以看見她的皮膚開始變化……她開始變成粉紅色，全身的肌膚像燙紅似的。

因為，她斷氣之後，阿良說得把屍體煮熟，這樣分屍後被人看見，也會像塊豬肉、看不出是個人……她燒滾了熱水，一遍又一遍的淋在孩子的屍身上。

啊啊啊……許冠慈突然明白，那女孩身上的疤痕怎麼來的——那是刀痕啊，是他們、他們剪開蘋果屍體的位置！

一塊一塊，所以才會形成那種疤！

「媽媽，我一個人在那邊好無聊喔！」蘋果走上了榻榻米，「可以來陪我嗎？」

「滾開——滾開！」阿良抓起枕頭就往她身上扔，「妳是什麼人！這是惡作劇嗎？」

枕頭砸上蘋果的臉，她伸手把枕頭抓住，抓住枕頭的手，已經不再是粉色了，而變成腐敗的青綠色。

當她把枕頭移開時，他們看見的是一張腐爛的小臉蛋。

「哇啊啊——」

唰，女孩把剪刀張開，一眨眼跳上了被子，阿良再抓過手機扔向她，女孩俐落閃過，啪地抓住了阿良的手。

「蘋果有點痛痛喔！」女孩瞠大了雙眼，咧嘴而笑，「跟蘋果一起痛痛吧！」

「走開！放手！」阿良使勁地要抽回手，許冠慈嚇得跌在牆角動彈不得。

然後，看著剪刀剪斷了阿良的手指，喀！

啊啊啊……許冠慈趕緊從旁邊踉蹌地繞開，直往房門外衝去，三年前那晚，他們用剪刀把蘋果燙熟的身體剪成好幾塊，丟進垃圾袋裡，載到山上去埋起來；夜晚什麼都瞧不清，只知道滿山的草刮人，回到家，兩人的衣服上黏滿了鬼針草。

那把剪刀，明明跟蘋果埋在一起了——砰！

在許冠慈要衝出門口前，房門倏地自動關上了，許冠慈驚駭地回過身，蘋果已經在她面前。

「媽媽，我們一起回家吧？」腐敗的孩子，雙手都舉出剪刀，祭出了猙獰的笑容。

跟她一起埋在土裡的那兩把。

「哇啊啊——呀——」

她是蘋果，一直都是，只是她待在土裡、她等待、她蟄伏，就等著時機，某個有人可以聽見她哭喊求救的那一刻！

月亮從雲裡露出臉來，銀白的光灑落，在巷口的黑暗中站了個衣衫襤褸的女孩，從頭髮到衣服上，都沾滿了鬼針草。

突然間，高跟鞋的聲音傳來，叩噠、叩噠，在月夜的巷子中，出現了一個妙齡女郎。

女孩探出頭，綻開天真的笑靨，儘管她渾身是血。

「老師——」女孩衝向老師，用力抱住她。

「欸，蘋果！」老師微笑地摸摸她的頭，再伸出手讓她握住，「跟爸爸媽媽道別了嗎？」

蘋果仰起頭，看著五樓的方向。

在那屋子裡，有一組沾血的小腳印從房間一路延伸到客廳、乃至於門外；而在裡頭的榻榻米房裡，紅血已浸滿榻榻米，上頭還鋪滿了一塊塊被剪開的屍體，連肉帶骨，灑得滿室都是，像個開放的肉攤。

「嗯！」蘋果用力地點頭。

「那我們回家了好嗎？」老師溫柔地笑著，「帶著爸爸媽媽一起？」

「好！」蘋果燦爛用力地回應著，老師搓搓女孩的頭，手牽著手一起離開。

路燈照耀著安靜的巷弄、銀白月光熠然閃耀，但是無論如何，都映不出女人與孩子該映在地上的影子。

蘋果舉起右手，開闔了手上的剪刀，再抬起頭，衝著老師笑了起來。

「老師對我真好！」蘋果落下了眼淚，「如果不是婷婷老師，我永遠都在那邊，沒有人要理我！」

婷婷老師微微一笑，「放心好了，老師的存在，就是聆聽你們這些孩子的哭聲喔！」

鬼作伴

等菁作品17

國家圖書館出版品預行編目資料

鬼作伴 / 等菁作 . -- 初版. -- 臺北市 :
春天出版國際, 2016.01
面； 公分
ISBN 978-986-5607-13-5 (平裝)

857.7 104028836

ISBN 978-986-5607-13-5
Printed in Taiwan

作者	等菁
封面繪圖	Cash
美術設計	三石設計
總編輯	莊宜勳
主編	鍾靈
編輯	黃郁潔
出版者	春天出版國際文化有限公司
地址	台北市信義區信義路四段458號3樓
電話	02-7718-0898
傳真	02-7718-2388
E-mail	frank.spring@msa.hinet.net
網址	http://www.bookspring.com.tw
部落格	http://blog.pixnet.net/bookspring
郵政帳號	19705538
戶名	春天出版國際文化有限公司
法律顧問	蕭顯忠律師事務所
出版日期	二〇一六年一月初版
	二〇一七年十二月初版十刷
特價	160元
總經銷	楨德圖書事業有限公司
地址	新北市新店區寶興路45巷6弄6號5樓
電話	02-8919-3186
傳真	02-8914-5524